지킬 박사와 하이드 씨

Strange Case of Dr. Jekyll and Mr. Hyde

KB191995

지킬 박사와 하이드 씨

로버트 루이스 스티븐슨 지음 · 한에스더 옮김

허밍버드
Hummingbird

캐서린 드 마토스에게

신의 명령으로 이어진 것을 떼어 냄은 옳지 않으니,

우리는 여전히 헤더와 바람의 자식이구나.

고향에서 멀리 떠나왔건만, 오, 아직도 우리에겐

저 멀리 북녘에 피는 금작화 꽃잎이 아름답게 흩날리는구나.[1]

---

1 캐서딘 드 마토스는 작가의 사촌 여동생이다. 이 글은 이 책을 발표하기 몇 달 전 캐서린을 위해 쓴 시의 일부로, 두 사람의 고향인 스코틀랜드를 향한 애정을 담고 있다. 헤더(heather)는 스코틀랜드를 상징하는 야생화이며 고지대가 많은 스코틀랜드는 바람이 강하기로 유명하다. '신의 명령으로 이어진 것을 떼어 내는' 행위는 지킬이 자신에게서 하이드를 분리하는 행위에 비유되기도 한다.-옮긴이

차례

1
문에 얽힌 이야기

웃음기 없는 근엄한 표정. 말수가 적고 다소 어색하고 냉정한 말투. 감정이 드러나지 않는 얼굴. 마르고 큰 키에 칙칙하고 음침한 분위기까지. 그럼에도 어터슨 변호사는 왠지 호감이 가는 사람이었다. 친한 사람과 어울리는 자리에서 포도주까지 입에 맞으면 확실히 인간적인 눈빛이 반짝였다. 입에서 나오는 말로는 전해지지 않지만 마치 만찬을 마친 뒤 짓는 만족스러운 표정처럼 소리 없는 신호를 보내는 것 같았다. 그런 눈빛은 그의 일상에서 더 자주, 더 분명하게 느낄 수 있었다. 어터슨은 자신에게 엄격했다. 혼자 있을 때면 고급 포도주 대신 독한 진으로 입맛을 달랬다. 연극을 좋아하면서도 지난 20년간 공연장 문턱을 한 번 넘는 법이 없었다. 그럼에도 남에게만은 한없이 너그러운 사람이었다. 행동거지가 그릇된 사람을 만나도 비난하기보다는 놀라거나 그의 자유분방함을 내심 부러워하는 정도였고, 극단적인 상황에 처한 사람도 꾸짖기보다 도우려 애썼다.

"아무래도 난 카인[2]과 같은 이단에 끌리는 듯하네. 형제가 망가지는 걸 그냥 보고만 있으니 말이야."

어터슨은 진지한 얼굴로 이렇게 말했다. 이런 성격 때문인지 어터슨은 몰락하는 자에게 선한 영향을 미치는 마지막 친구가 되어 주었다. 게다가 그런 사람이 찾아와도 절대 싫은 티를 내거나 안색이 변하는 일이 없었다.

어터슨에게 이런 행동은 어려운 일은 아니었다. 워낙 감정을 잘 드러내지 않는 데다 그의 우정이 선의와 관용에 뿌리를 두어서일 것이다. 진정한 신사라면 우연히 맺어진 인연도 받아들여야 하는 것이 어터슨이라는 변호사의 방식이었다. 어터슨에게 친구란 대부분 친척이나 아주 오랜 세월 알고 지내던 사람들이었다. 담쟁이덩굴이 자라듯 그의 친분 역시 상대가 누구인지는 상관없이 세월을 따라 자라고 퍼져 나갔다. 따라서 런던에서 유명한 먼 친척, 리처드 엔필드와의 사이는 어쩌면 당연한 일이었는지도 모른다. 하지만 두 사람이 왜 서로 끌리는지, 대체 무슨 공통분모가 있는지는 주위 사람들에게 호기심의 대상이었다. 일요일에 함께 산책하던 두 사람이 대화도 없이 지루한 표정으로 걷다가 지인과 마주치자 안도하는 표정으로 환하게 인사를 건넸다는 이야기도 들렸다. 그런데도 두 사람은 일요일 산책을 값비싼 보석처럼 소중한 일과로 여겼다. 그래서인지 둘만의 시간이 방해받지

---

2   Cain. 아담과 이브의 맏아들로, 아우인 아벨을 죽이고 그의 행방을 묻는 신에게 "내가 내 아우를 지키는 자입니까?"라며 형제의 의를 부정했다.-옮긴이

않게 일요일에는 다른 개인적인 모임이나 업무상 연락도 모두 거절했다.

　그러던 어느 일요일, 여느 때처럼 산책하던 두 사람은 우연히 런던 번화가의 뒷골목까지 걸어가게 되었다. 좁고 한산했지만 평일이면 상인들로 북적거리는 거리였다. 가게는 모두 장사가 잘되는데도 상인들은 여전히 돈을 더 벌고 싶어 했고 경쟁도 치열했다. 사람들의 시선을 붙들기 위해서라면 뭐든 상점 앞에 늘어놓으려 했고, 그래서인지 웃는 얼굴로 줄지어 선 여성 판매원처럼 상점 앞을 화사하게 꾸며 놓고 지나가는 손님을 유혹했다. 평일의 화려함이 조금은 차분하게 가라앉고 상대적으로 행인이 뜸한 일요일이었지만, 우중충한 주변 동네와 대조를 이루며 그 골목만 숲 한가운데 활활 타오르는 불길처럼 혼자 환하게 빛났다. 새로 칠한 깔끔한 덧문과 잘 닦아 광택이 나는 놋쇠 장식, 깨끗하게 청소된 거리와 흥겨운 분위기가 행인들의 눈을 즐겁게 했다.

　골목 끝 모퉁이를 돌아 왼쪽으로 꺾어지면 동쪽으로 길게 골목이 이어지고, 두 번째 대문에서 길이 끊기면서 뜰로 이어지는 입구가 나왔다. 입구 옆에는 음침해 보이는 건물이 한 채 서 있었다. 박공지붕을 얹은 현관은 앞으로 튀어나와 길거리를 차지했고, 위층까지 창문 하나 달리지 않은 낡은 벽은 1층에 나 있는 출입문을 제외하고 온통 색이 바래

꽉 막혀 있었다. 게다가 오랫동안 관리를 하지 않아서인지 구석구석 낡고 지저분했다. 칠이 군데군데 벗겨진 낡은 문에는 초인종이나 문을 두드리는 쇠 장식도 보이지 않았다. 부랑자들은 구석에 웅크리고 나무판자에 성냥을 그어 댔고, 아이들은 층계를 차지하고 상점 놀이를 했다. 학교를 마치고 몰려온 남학생들은 칼로 문짝이나 벽의 장식 틈새를 후비며 망가뜨렸다. 하지만 오랜 세월 이곳을 차지해 버린 불청객을 내쫓는 사람도, 망가진 건물을 고치러 찾아오는 사람도 없었다.

엔필드와 어터슨은 골목 끝에서 걸어가고 있었다. 입구에 가까워지자 엔필드가 지팡이를 들어 음침한 문을 가리켰다.

"저 문을 자세히 본 적이 있으십니까?"

어터슨이 그렇다고 대답하자 엔필드가 다시 말했다.

"저 문을 보면 아주 이상한 이야기가 생각납니다."

"그래? 무슨 얘기인가?"

어터슨의 목소리가 미세하게 흔들렸다.

"이런 얘기였습니다."

엔필드가 이야기를 시작했다.

"그날은 아주 멀리 갔다가 집으로 돌아가던 길이었습니다. 아직 깜깜한 겨울밤이었죠. 새벽 3시쯤이었을 겁니다. 마을에는 말 그대로 가로등 외에는 아무것도 보이지 않았습니다. 사람들이 모두 잠든 고요한 거리를 혼자 걷고 또 걸었습니다. 텅 빈 성당에 켜 놓은 촛불처럼 거리에는 줄지어 선 가로등 불빛만 환하게 비췄습니다. 그렇게 한참을 걷다 보니 아무 소리도 들리지 않았고, 괜히 불안한 마음에 경찰이라도 마주쳤으면 하고 바라게 되더군요. 그런데 그때 멀리 두 사람의 모습이 보였습니다. 하나는 키가 작은 남자였는데 성큼성큼 동쪽으로 걸어가고 있었습니다. 다른 하나는 여덟이나 열 살 정도 돼 보이는 어린 여자아이였습니다. 아이는 있는 힘껏 달려 길을 건너고 있었습니다. 서로 빠르게 마주 오던 두 사람은 길모퉁이에서 부딪히고 말았죠. 그때 끔찍한 일이 벌어졌습니다. 남자가 넘어진 아이를 태연하게 짓밟다가 그냥 가 버리지 뭡니까? 아이는 쓰러져 일어나지도 못하고 소리를 질렀습니다. 별일 아닌 것처럼 들리겠지만 정말이지 끔찍한 광경이었습니다. 사람처럼 보이지 않더군요. 크리슈나 신상을 태운 거대한 수레³라고 하는 편이 더 어울렸을 겁니다. 저는 고함을 치며 달려가 남자의 뒷덜미를 잡았습니다. 남자를 끌고 현장으로 돌아가니 비명을 지르는 아이 곁에 사람들이 모여 있더군요. 남자는 저항하지 않고 태연하게 저를 쳐다봤습니다. 그 냉혹한 모습이 어찌나 혐오스럽던지 한참을 달린 것처럼 등에서 식은땀이 흘렀습니다.

---

3   Juggernaut. 수레바퀴에 사람들이 깔려 죽으며 제물로 희생된 데서 유래한 것으로, 거대하고 무지막지한 힘을 뜻한다.-옮긴이

모여 있던 사람들은 아이의 가족이었습니다. 곧 의사도 도착했습니다. 아이는 의사를 데리러 심부름을 갔다가 돌아가던 중이었다고 합니다. 의사는 아이가 겁먹기는 했지만 다행히 심하게 다치지는 않았다고 설명했습니다. 그렇게 이야기가 끝나는 듯했습니다. 하지만 아주 흥미로운 일이 벌어졌습니다. 남자의 첫인상이 제게는 무척 혐오스러웠습니다. 아이의 가족이야 그런 일을 겪었으니 그렇게 느끼는 게 당연한 일이었죠. 제가 놀란 건 의사의 태도였습니다. 의사는 상당히 평범해 보였습니다. 나이나 피부색도 평범했습니다. 말투에는 에든버러 사투리가 강하게 섞여 있었고, 백파이프 악기처럼 감정적인 사람이기도 했습니다. 변호사님, 그런데 의사도 우리와 비슷한 감정을 느낀 겁니다. 제가 잡아 온 남자를 볼 때마다 의사는 상당히 불쾌해하면서 심지어 죽이고 싶어 하는 듯했습니다. 저나 의사나 서로 무슨 생각을 하는지 알 것 같았습니다. 그렇다고 살인을 저지를 수는 없으니 차선책을 선택하기로 하고 남자를 협박했습니다. 온 런던에 그자의 악행을 알려서 얼굴을 들지 못하게 만들겠다고 했죠. 친구나 거래처가 있다면 모두 잃게 만들어 주겠다면서요. 얼굴이 벌게지도록 흥분해서 협박을 하는 동안에도 여자들이 가까이 가지 못하게 막아야 했습니다. 하르피아이[4]처럼 흥분한 여자들이 길길이 날뛰었거든요. 그런 광경은 생전 처음이었습니다. 남자는 증오에 가득 찬 얼굴에 둘러싸여 잠시 겁을 먹은 듯 보였지만, 이내 악마처럼 사악하고 냉정한 얼굴로 이렇게 말했습니다. '이 사고를 이용해서 돈벌이를 하고 싶다면 원하는 대로 해 드리지. 이런 일로 얼굴이 팔리고 싶은 신사는 없으니까 말이야. 자, 원하는 금액을 불러 보시오.' 우리는 아이의 가족에게 줄 위로금으로 100파운드를 요구했습니다. 남자는 거부하려고 하다가 우리가 무슨 짓이라도 벌일 것 같은 분위기를 느꼈는지 결국 요구를 받아들였습니다. 다음에 할 일은 돈을 받는 일이었습니다. 그런데 남자가 우리를 데려간 곳이 어디였는지 아십니까? 바로 저 문이었습니다. 열쇠를 꺼내 문을 열고 안으로 들어갔다가 10파운드 금화와 쿠츠은행에서 발행한 수표를 들고 바로 나왔습니다. 사실 이 이야기를 하는 이유도 그 수표 때문입니다. 소지인에게 돈을 지급하도록 되어 있는 수표에는 이름을 밝히기 곤란한 누군가의 서명이 되어 있었습니다. 상당히 유명하고 신문에도 자주 나오는 이름이었죠. 금액도 금액이지만 만약 서명이 진짜라면 그것만으로도 보통 일이 아니었습니다. 저는 이 상황이 모두 의심스럽다고 따졌습니다. 새벽 4시에 지하실로 통하는 문으로 들어갔다가 남의 수표를 들고 나와 100파운드를 지불하는 게 가능할 리

---

4   Harpies. 그리스신화에 등장하는, 여자의 모습에 날개가 달린 괴물.-옮긴이

없으니까요. 하지만 남자는 태연하게 비웃었습니다. '걱정일랑 마시오. 은행이 문을 여는 시간까지 함께 있다가 직접 현금으로 바꿔 줄 테니'라고 하더군요. 아이의 아버지와 의사, 그리고 그 남자까지 우리 네 사람은 저의 집으로 가서 아침이 될 때까지 함께 기다렸습니다. 그리고 날이 새자 아침을 먹고 모두 함께 은행으로 갔습니다. 제가 직접 수표를 직원에게 건네며 아무래도 위조수표 같다고 말했습니다. 하지만 수표는 진짜였습니다."

"쯧쯧."

어터슨이 혀를 찼다.

"저와 같은 기분이시군요. 맞습니다. 정말이지 불쾌한 이야기이고 상종 못 할 쓰레기 같은 남자였습니다. 하지만 수표에 서명한 사람은 훌륭하고 유명한 분이었습니다. 변호사님의 친구이기도 하고 평판도 좋은 분이세요. 그래서 처음에는 협박일지 모른다고 생각했습니다. 정직한 신사가 철없던 시절에 저지른 실수의 대가를 치르는 중이라고요. 그래서 저 문이 달린 장소를 '협박의 집'이라고 불렀습니다. 하지만 그렇다 해도 전부 시원하게 설명되지는 않았습니다."

엔필드는 여기까지 말하고 잠시 생각에 잠겼다.

"수표의 임자가 그 집에 사는지 혹시 모르는가?"

어터슨이 갑자기 이렇게 묻는 바람에 엔필드는 정신이 번

쩍 들었다.

"어디 그래 보입니까? 수표에 적힌 주소에는 무슨 스퀘어라고 되어 있었고 여기는 아니었습니다."

"남자에게 저 집에 대해서 아무것도 묻지 않았나?"

"네, 변호사님. 전 캐묻는 걸 좋아하지 않거든요. 심판의 날이 된 것 같은 기분이랄까요. 질문을 던지는 순간 돌멩이를 던지는 것과 같죠. 언덕 위에 한가하게 앉아서 돌멩이를 하나씩 집어 던지는데, 어떤 노인이 자기 집 뒷마당에 나왔다가 우연히 머리를 맞고 쓰러집니다. 어디 상상이나 했겠습니까? 동네에서 얼굴을 들 수 없는 제 가족은 이름까지 바꾸고 살아야 하겠죠. 그러니 함부로 묻지 말아야죠. 이상한일일수록 입을 다물어라, 그게 제 규칙입니다."

"현명한 규칙이로군그래."

"하지만 따로 뒷조사를 했습니다. 사실 집이라고 부르기도 뭐한 건물이었습니다. 다른 문은 없고 이 문으로 드나드는 사람은 사건의 주인공이 유일했으니까요. 위층에 뜰 쪽으로 난 창문 세 개는 유리가 깨끗했지만 늘 닫혀 있었습니다. 굴뚝에선 늘 연기가 피었으니 분명 누군가 살았을 겁니다. 하지만 그마저도 확실하지는 않은 것이, 뜰을 둘러싸고 건물이 너무 빽빽하게 붙어서 어디까지가 이 건물이고 어디부터가 다른 건물인지 분간이 되지 않거든요."

두 사람은 다시 조용히 걷기 시작했다. 한참 뒤 어터슨이 먼저 침묵을 깼다.

"엔필드. 다시 생각해 봐도 자네가 말한 건 괜찮은 규칙이군그래."

"네. 저도 그렇게 생각합니다."

"그래도 한 가지만 묻겠네. 아이를 밟았다는 남자 말이야. 그 사람 이름이 궁금하군."

"그 정도야 상관없겠죠. 남자의 이름은 하이드였습니다."

"자네가 보기엔 어떤 사람이었나?"

"한마디로 설명하기가 쉽지 않습니다. 겉모습이 이상하고 쳐다보기만 해도 불쾌하고 역겨웠습니다. 그렇게 혐오스러운 인상은 처음인데 이유를 정확히 알 수도 없고, 어딘지 모르게 기형이라는 느낌도 강하게 들었습니다. 아주 특이하게 생겼지만 어디가 이상한지 구체적으로 설명하질 못하겠어요. 그렇다고 기억이 나지 않는 것도 아닙니다. 지금도 눈앞에 서 있는 것처럼 생생하거든요."

골똘히 생각에 잠긴 어터슨은 말없이 한참을 걷다가 겨우 입을 열었다.

"그자가 열쇠로 문을 연 게 확실한가?"

엔필드는 당황스러웠다.

"아니, 변호사님……."

"그래, 알아. 이상하게 들리겠지. 수표의 주인이 누구인지 묻지 않는 이유도 이미 알고 있어서라네. 리차드, 자네 이야기는 내가 아는 사람의 이야기야. 그러니 자네가 한 얘기에 정확하지 않은 부분이 있다면 지금 확실하게 말해 주면 좋겠어."

엔필드는 살짝 기분이 상했다.

"아까 그렇다고 말씀하지 그러셨어요. 하지만 제 설명은 정확합니다. 남자는 확실히 그날 열쇠로 문을 열었습니다. 그자가 열쇠를 사용하는 걸 본 지가 일주일도 지나지 않았으니 아마 아직도 가지고 있을 겁니다."

어터슨은 한숨만 깊이 내쉴 뿐 아무 대답도 하지 않았다. 엔필드는 다시 입을 열었다.

"오늘도 교훈을 얻었군요. 말이 너무 많았던 제가 부끄럽습니다. 이 이야기는 다시 꺼내지 않기로 하죠."

"자네의 제안에 진심으로 동의하네, 리차드."

2
하이드 씨를 찾아서

그날 저녁, 어터슨은 썩 좋지 못한 기분으로 혼자 사는 집에 돌아왔다. 식탁 앞에 앉아서도 영 식욕이 돌지 않았다. 어터슨에게는 일요일마다 반드시 지키는 습관이 하나 있었다. 식사를 마친 뒤 난롯가에 있는 책상에 앉아 따분한 종교 관련 서적을 뒤적이는 일이었다. 그러다 근처 성당에서 자정을 알리는 종소리가 들리면 기분 좋게 침대로 들어갔다. 하지만 그날만큼은 저녁을 마치자마자 촛불을 들고 사무실로 사용하는 서재로 향했다. 그리고 금고 가장 안쪽에 넣어 둔 서류 봉투를 꺼내 들었다. 봉투에는 "지킬 박사의 유언장"이라고 적혀 있었다. 어터슨은 굳은 얼굴로 의자에 앉아 봉투 안 내용물을 살피기 시작했다. 자신이 집행을 책임지기로 했지만, 사실 어터슨은 유언장 작성에 관여하지 않겠다며 거절한 터였다. 그래서인지 유언장은 지킬의 자필로 작성되어 있었다. 의학 박사이자 법학 박사, 왕립 학회의 회원이기도 한 헨리 지킬 박사는 자신이 사망할 경우 모든 재산을 "친구이자 후원자인 에드워드 하이드"에게 상속하겠다고 고집을 피웠다. 또한 자신이 "실종되거나 명백하지 않은 이유로 3개월 이상 연락이 되지 않을 경우"에도 즉시 에드워드 하이드가 지위를 승계하며, 박사의 저택에 함께 지내는 식솔에게 지급해야 할 소액의 금전 외에는 어떠한 채무나 의무를 지지 않는다는 조항도 있었다. 어터슨에게 이런 유언장은 상당히 눈엣가시였다. 관습과 이성을 중시하는 한 인간이자 변호사로서 이런 말도 안 되는 유언장을 보자니 불쾌하기 짝이 없었다. 게다가 아직 '하이드'라는 자의 정체를 알지 못한다는 사실도 거슬렸다. 그런데 오늘 갑자기 하이드라는 이름이 불쑥 튀어나왔다. 이름밖에 알지 못했던 때에도 충분히 불쾌했는데 싫어할 구실만 더 늘어난 셈이었다. 오랜 세월 시야를 가리던 희뿌연 안개가 걷히면서 하이드라는 괴물의 실체가 모습을 드러낸 기분이었다. 불쾌한 서류를 다시 금고에 집어넣으며 어터슨은 혼자 중얼거렸다.

"정신이 나갔다고 생각했는데, 이제 보니 망신살이 뻗치는 건 아닌지 걱정이군."

어터슨은 촛불을 후 불어서 껐다. 그리고 두꺼운 외투를 걸치고 병원이 모여 있는 캐번디시 스퀘어Cavendish Square로 출발했다. 오랜 친구인 래니언의 저택이자 늘 환자로 북적이던 병원도 그곳에 있었다.

"혹시 래니언이라면 알지도 모르지."

근엄한 얼굴로 문을 연 집사가 어터슨을 알아보고 인사를 건넨 뒤 곧장 식당으로 안내했다. 래니언 박사는 혼자 느긋하게 포도주를 마시고 있었다. 혈색이 좋고 인자해 보이는 래니언 박사는 나이에 비해 일찍부터 흰머리가 수북했지만 신중하면서도 활기가 넘치는 말쑥한 신사였다. 박사가 의자에서 벌떡 일어나 두 손을 내밀며 어터슨을 반겼다. 언제나처럼 조금 과하다 싶을 만큼 상기된 모습이었지만 그에게서 진심이 느껴졌다. 학창 시절을 거치며 긴 세월 함께한 사이답지 않게 두 사람은 늘 서로를 존중했다.

잠시 잡담이 오간 뒤 어터슨은 마음 한구석에 불편하게 자리 잡고 있던 고민을 슬며시 꺼냈다.

"래니언. 자네나 나나 헨리 지킬에게는 가장 오래된 친구인 게 맞지?"

어터슨이 물었다.

"이렇게 늙은 친구가 아니라면 더 좋았겠지만, 그래, 가장 오랜 친구지. 그게 어때서? 요즘은 그 친구를 통 보질 못했군."

래니언은 재미난 듯 껄껄 웃었다.

"그런가? 난 둘이 잘 통하는 줄 알았는데."

"그랬지. 하지만 지킬이 너무 달라져 버려 만나지 않은 지도 벌써 10년이 넘었다네. 뭔가 잘못되었다고 할까, 머릿속

이 이상해졌다니까. 그래도 옛정을 생각해서 쭉 지켜봤네만 정말이지 못된 작은 악마로 변해 버렸지 뭔가."

흥분한 래니언은 얼굴까지 붉혀 가며 목소리를 높였다.

"그런 말도 안 되는 헛소리를 떠들어 대면 천하의 다몬과 피티아스[5]라도 절교를 할밖에."

잠시나마 래니언이 감정을 드러내자 어터슨은 오히려 안심이 되었다.

'과학적 견해에 의견 충돌이 있던 것뿐이었군. 다행히 큰 문제는 아니었어!'

과학이라고는 양도증서와 관련된 문제 외에는 문외한이었던 어터슨은 이렇게 생각했다. 잠시 래니언이 진정하기를 기다린 뒤 어터슨은 여기까지 찾아온 이유이기도 한 질문을 꺼냈다.

"혹시 지킬 주변에 하이드라는 후배를 알고 있나?"

"하이드? 아니. 처음 듣는 이름이야. 내가 아는 사람 중에는 없다네."

그게 어터슨이 알아낸 전부였다. 캄캄한 방. 커다란 침대에 누워 밤새 뒤척이다 보니 어느새 밤은 점점 깊어 새벽이 가까워졌다. 칠흑 같은 어둠 속에서 의문이 꼬리에 꼬리를

---

5   Damon and Pythias. 그리스신화에 나오는 친구 사이로, 피티아스가 사형을 선고받고 잠시 고향에 다녀오려 하자 그를 대신해 다몬이 옥에 갇히기를 자청하고 피티아스는 약속대로 고향에서 돌아와 사형을 자청한다.-옮긴이

물어 불편한 마음을 달랠 길이 없었다.

근처 성당에서 새벽 6시를 알리는 종소리가 울릴 때까지 고민은 사라지지 않았다. 이전에는 논리적 문제에 불과했던 유언장과 하이드의 관계는 이제 상상력까지 가미되어 어터슨의 정신을 지배했다. 커튼이 드리워진 침대에 누워 뒤척이는 사이, 엔필드에게 들은 이야기가 깜깜한 방 안에 홀로 조명을 받은 그림처럼 또렷하게 떠올랐다. 수많은 가로등이 불을 밝힌 런던 밤거리. 어디론가 바삐 걸어가는 한 남자와 병원에서 뛰어나온 어린아이. 두 사람이 부딪히고 괴물 같은 남자는 어린아이를 짓밟은 채 아이의 비명도 아랑곳하지 않고 제 갈 길을 바쁘게 걸어갔다. 그리고 장소가 바뀌어 고급 저택의 실내가 보였다. 방 안에는 지킬이 잠들어 있었고, 좋은 꿈이라도 꾸는지 얼굴에는 미소가 번졌다. 갑자기 문이 벌컥 열리며 침대를 가린 커튼이 펄럭였다. 지킬이 눈을 뜨자, 맙소사! 침대 옆에 다시 그 남자가 서 있었다. 지킬은 세상이 모두 잠든 새벽에도 기꺼이 침대에서 일어나 시키는 대로 수표를 건넸다. 두 장면에 나타난 한 남자 때문에 어터슨은 잠을 이룰 수 없었다. 잠시라도 졸음이 몰려와 눈을 감으면, 모두 잠든 주택가를 지나 가로등으로 가득한 도시의 미로를 점점 빠르게 미끄러져 가는 남자의 모습이 떠올랐다. 어지러울 만큼 점점 빠르게 걷는 남자는 모퉁이마다 어린아이와 부딪힌 뒤 아이의 비명을 뒤로하고 다음 모퉁이를 향해 다시 미끄러져 갔다. 하지만 꿈속에서도 남자의 얼굴은 보이지 않았고, 얼굴이 있다 해도 알아볼 수 없거나 눈앞에서 녹아 흘러내렸다. 결국 하이드의 얼굴을 보려는 호기심은 점점 커지다가 이제 집착으로 변했다. 원래 의혹이란 알고 보면 별것 아닌지라, 한 번이라도 제대로 얼굴을 보게 되면 마음속에서 스멀스멀 자라는 의심도 완전히 지울 수 있으리라 생각했다. 또한 지킬이 그토록 하이드를 좋아하고 집착하는 이유나 괴상한 유언장을 남기려 한 이유도 이해할 수 있으리라 생각했다. 그게 아니더라도 볼만한 얼굴임에는 분명했다. 좀처럼 화를 내지 않는 엔필드마저 분노하고 증오하게 한 무자비한 사내라고 하니 그 얼굴이 궁금해서 견디기 힘들었다.

그 뒤로 어터슨은 상가 뒷골목에 있는 문제의 문을 찾아가기 시작했다. 이른 아침 출근 전이나, 상가가 장사를 시작해서 왕래가 많은 정오, 안개가 자욱하고 인적도 없이 가로등만 밝힌 한밤중에도 어터슨은 늘 같은 자리에서 문을 지켜봤다.

"하이드[6]라는 이름답게 꼭꼭 숨어 있겠다면, 내가 직접 찾아가 주지."

---

6 Hyde. '숨다'라는 뜻의 영어 동사 'hide'와 발음이 동일하다.—옮긴이

그러던 어느 날 그의 인내심이 결실을 맺었다. 쌀쌀하지만 맑고 건조한 밤이었다. 길거리는 연회장 바닥처럼 깨끗했고, 바람 한 점 불지 않아 흔들리지 않는 가로등 불빛은 거리에 빛과 그림자로 무늬를 그려 냈다. 상점이 하나둘 문을 닫기 시작하고 밤 10시가 되자 거리는 다시 을씨년스러워졌다. 멀리서 들려오는 도시의 잔잔한 소음에도 뒷골목은 쥐 죽은 듯 고요했다. 그래서인지 작은 소리도 아주 멀리 퍼졌고, 길 양쪽 주택가 실내에서 새어 나온 말소리도 또렷하게 들렸다. 멀리서 걸어오는 행인도 그 모습이 보이기 전 발소리부터 먼저 들렸다. 늘 지키던 자리에 잠시 서 있는 어터슨의 귀에 이쪽을 향해 걸어오는 가볍고 특이한 발소리가 포착되었다. 어터슨은 밤마다 길에서 감시를 하면서 발소리에 관해 특이한 사실을 하나 발견했다. 도시에 울려 퍼지는 소음 속에서도 한 사람의 발소리가 불현듯 유난히 선명하게 들린다는 점이었다. 하지만 이렇게 신경이 곤두서게 하는 발소리는 처음이었다. 드디어 하이드를 만나게 되었다는 예감에 어터슨은 뜰로 이어진 입구 안쪽으로 몸을 숨겼다.

발소리는 이내 가까워지더니 길 끝에 도착하자 갑자기 더 커졌다. 숨어서 기다리던 어터슨은 자신이 상대해야 할 남자를 유심히 지켜봤다. 키가 작고 평범한 옷차림이었지만 멀리서 봐도 왠지 불쾌해졌다. 남자는 시간을 지체하기 싫었는지 도로를 가로질러 곧장 문으로 다가갔다. 그리고 자기 집에 들어가려는 사람처럼 주머니에서 열쇠를 꺼내 들었다. 어터슨은 숨어 있던 곳에서 나와 막 지나치려는 남자의 어깨를 붙잡았다.

"혹시, 하이드 씨 아닙니까?"

남자는 깜짝 놀라 헉, 하며 숨을 들이켜고는 한 걸음 뒤로 물러났다. 하지만 겁을 먹은 것도 잠시뿐, 남자는 어터슨의 얼굴을 제대로 쳐다보지도 않고 냉담하게 대답했다.

"내가 하이드요. 무슨 일이오?"

"전 지킬 박사의 오랜 친구로, 건트 가街에 사는 어터슨이라고 합니다. 아마 제 이름을 들어 보셨을 겁니다. 마침 근처에 있었는데 함께 들어가면 좋겠구나 생각했습니다."

"지킬 박사는 못 만날 거요. 지금 집에 없소."

이렇게 대답하고 열쇠를 꽂던 하이드는 고개를 들지도 않고 갑자기 물었다.

"날 어떻게 알았소?"

"하이드 씨에게 용건이 있습니다. 도와주시겠습니까?"

"물론이오. 무슨 일이오?"

"얼굴을 좀 보여 주시겠습니까?"

하이드는 주저했다. 하지만 잠시 후, 무슨 생각이 들었는지 거리낄 것 없다는 표정으로 어터슨을 마주 보았다. 두 사람은 잠시 상대방의 얼굴을 쳐다보며 서 있었다.

"이제 다시 만나도 알아볼 수 있겠군요. 도움이 되었습니다."

"나도 마찬가지요. 그리고, 이건 내 주소요."

하이드가 소호에 있는 집의 번지수를 적어 주었다.

'맙소사! 이자도 유언장을 떠올렸군!'

하지만 어터슨은 속마음을 드러내지 않고 주소를 받아들며 혼잣말처럼 알겠다고 중얼거렸다.

"자, 이제 내 질문에 대답할 차례요. 날 어떻게 알았소?"

"이야기를 들었습니다."

"누구에게 들었소?"

"제 친구 중에 하이드 씨를 아는 사람이 있습니다."

"둘 다 아는 지인이라……. 그게 누구요?"

하이드가 쉰 목소리로 물었다.

"예를 들면, 지킬이 있겠죠."

갑자기 하이드가 버럭 화를 내며 소리를 질렀다.

"지킬이 말했을 리 없소! 당신, 거짓말을 할 사람처럼 보이지 않았는데."

"진정하시죠. 말이 지나치십니다."

하이드는 갑자기 천박하게 웃더니 순식간에 잠긴 문을 열고 안으로 사라졌다.

하이드가 안으로 들어간 뒤에도 어터슨은 그곳을 떠날 수 없었다. 잠시 후 어수선한 마음을 추스르며 천천히 큰길로 걸어 나왔지만, 한두 걸음씩 뗄 때마다 걸음을 멈추고 혼란스러운 사람처럼 손을 이마로 가져갔다. 어터슨의 고민은 단순한 문제가 아니었다. 창백한 얼굴과 난쟁이처럼 작은 덩치. 확연히 어느 부분이 잘못되었다고 말하기 곤란하지만 분명 기형처럼 보였다. 기분 나쁘게 웃는 얼굴에는 대담함과 소심함이 기묘하게 뒤섞였고, 속삭이듯 쉰 목소리도 부자연스러웠다. 이 모든 것들이 하이드를 부정적으로 느끼게 했지만, 그것만으로는 그에게서 느껴지는 거부감이나 역겨움, 두려움 등을 설명할 길이 없었다. 어터슨은 여전히 혼란스러워하며 혼자 중얼거렸다

"분명 뭔가 있는데 도무지 모르겠군. 맙소사. 그게 어디 사람 꼴인가! 차라리 유인원이라고 하는 편이 어울리지! 펠 박사[7]처럼 그자가 무작정 싫어서일까? 아니면 그의 사악한 영혼이 겉으로 드러나 외모까지 바꾸어 버렸을까? 지킬, 이 불쌍한 친구야. 만약 사탄이 사람의 얼굴로 나타난다면 아마 자네 친구의 얼굴 같았을 걸세."

골목을 지나 모퉁이를 돌면 고풍스럽고 아름다운 저택이 모여 있었다. 한때는 최고급 주택가로 유명했지만, 이제 그

---

7   Dr. Fell. 옛 시에 나오는 인물로 '특별한 이유 없이 그냥 싫은 사람'의 대명사로 사용된다.-옮긴이

명성은 사라지고 대부분의 저택에는 지도 동판 제작자나 건축가, 수상한 변호사, 비밀스러운 사업을 하는 대리인 등 온갖 종류의 세입자가 모여 살았다. 하지만 모퉁이에서 두 번째 집만은 전체가 한 개인의 소유로 남아 있었다. 비록 작은 창문에서 새어 나오는 불빛을 제외하곤 전체가 어둠 속에 싸여 있었지만, 그곳 주인이 가진 막대한 부를 실감하기에 충분했다. 어터슨은 잠시 문 앞에 섰다가 천천히 문을 두드렸다. 곧 잘 차려입은 나이 많은 집사가 문을 열었다.

"풀, 지킬 박사가 안에 계신가?"

"알아보겠습니다, 어터슨 씨."

풀은 이렇게 대답하고 어터슨을 안으로 들였다. 천장이 낮은 아래층의 넓은 응접실은 석재로 마감한 바닥과 장작이 환하게 타오르는 벽난로, 참나무로 만든 고급 가구들로 채워져 시골집처럼 아늑했다.

"벽난로 옆에서 기다리시겠습니까? 아니면 식당에 불을 켜 드릴까요?"

"여기서 기다리겠네. 고맙네."

어터슨은 벽난로로 걸어가 높은 울타리에 몸을 기댔다. 혼자 남은 넓은 응접실은 친구인 지킬이 전부터 늘 원했던 방이었다. 어터슨도 이 응접실이 런던에서 가장 기분 좋은 방이라고 자주 칭찬했었다. 하지만 오늘만큼은 왠지 뼛속까지 떨려 왔다. 하이드의 얼굴이 뇌리에 박혀 평소답지 않게 역겨운 기분마저 들었다. 우울한 탓인지 매끄러운 가구에 비치는 흔들리는 불빛이나 가파르게 기운 천장에 드리워진 그림자에서도 사악한 기운이 느껴졌다. 풀에게 지킬 박사가 외출했다는 말을 듣자 오히려 안심이 되어 왠지 자신이 부끄러워졌다.

"하이드 씨가 해부실로 들어가는 걸 봤네. 지킬 박사가 외출 중인 게 확실한가?"

"그렇습니다, 어터슨 씨. 하이드 씨도 열쇠를 가지고 계시죠."

"요즘 들어 자네 주인이 그 젊은이를 꽤 신용하는 모양이더군."

어터슨은 생각에 잠기며 중얼거렸다.

"그렇습니다. 하이드 씨의 명령을 따르라는 지시를 받았습니다."

"하지만 난 지금까지 하이드라는 사람을 만난 기억이 없군그래."

"아, 하이드 씨께서는 이쪽 건물에서 식사를 하지 않으시니까요. 그리고 주로 연구실 문으로 드나드셔서 저택에서는 그분을 만날 일이 좀처럼 없습니다."

"알았네. 그럼 나는 가 보겠네."

"조심해서 들어가십시오, 어터슨 씨."

집으로 돌아가는 어터슨의 심정은 돌덩이처럼 무거웠다.

"불쌍한 지킬. 아무래도 상당히 곤란한 상황인 것 같군. 그 친구도 젊었을 때는 제멋대로 굴었었지. 아주 오래전 일이지만 역시 신의 심판 앞에선 시효가 없나 보군. 그래, 그거야. 과거에 저지른 범죄의 유령과 아무에게도 알리지 못한 부끄러운 암덩어리가 나타나고 만 거야. 복수의 여신은 절뚝거리는 다리로 뒤늦게 찾아온다더니, 오랜 시간이 흘러 기억이 흐려지고 자신의 죄를 스스로 용서한 뒤에도 끝내 찾아오고야 마는군."

어터슨은 겁에 질려 잠시 과거를 돌아봤다. 상자를 열면 용수철 달린 장난감이 불쑥 튀어나오듯, 잊고 있던 악행이 불쑥 튀어나와 세상에 알려질지 모른다는 두려움에 자기도 모르게 기억을 구석구석 더듬었다. 어터슨의 과거는 깨끗한 편이었다. 자신의 삶을 그토록 두려움 없이 되돌아볼 수 있는 사람은 그리 흔치 않았다. 하지만 어터슨은 자신이 저지른 티끌 같은 잘못까지 떠올리는 겸손한 사람이었다. 하마터면 저지를 뻔했던 죄악까지 모두 떠올리며 두려움과 동시에 감사함을 느꼈고, 동시에 일말의 희망을 가졌다.

"하이드란 자도 분명 비밀이 있겠지. 겉모습을 봐서는 아주 사악한 비밀이 있을 것 같지 않던가. 지킬이 저지른 가장 사악한 죄악도 그에 비하면 햇살과도 같겠지. 이대로 놔 둘 수는 없어. 지킬의 곁에서 강도처럼 도둑질을 하다니, 생각만 해도 오싹해지는군. 불쌍한 지킬, 이걸로 큰 교훈을 얻었겠지. 만일 하이드가 유언장의 존재를 눈치챘다면 서둘러 물려받으려 무슨 짓을 벌일지도 모르지. 정말 위험한 일이야. 아무래도 부지런히 움직여야겠군. 지킬이 허락한다면 말이지만."

어터슨은 강조하듯 다시 중얼거렸다.

"지킬이 허락만 해 준다면 말이야."

유언장에 적힌 기이한 조항이 어터슨의 눈앞에 다시 선명하게 떠올랐다.

3
태연한 지킬 박사

보름쯤 지난 후 마침 좋은 기회가 찾아왔다. 지킬 박사가 친구 대여섯 명을 저녁 식사에 초대했다. 참석한 손님 모두 덕망 있고 좋은 포도주도 알아볼 줄 아는 지식인이었다. 어터슨은 다른 손님이 모두 돌아간 뒤에도 구실을 만들어 지킬과 단둘이 남았다. 하지만 이렇게 혼자 남는 일이 처음도 아니었다. 일단 아는 사이가 되면 사람들은 어터슨을 상당히 좋아했다. 집주인들은 쾌활하고 수다스러운 손님과 떠들썩한 시간을 보낸 뒤에는 이 과묵한 변호사를 붙잡아 두고 싶어 했다. 손님들에게 시달린 뒤 조용한 친구와 마주 앉아 마음을 가라앉히고 싶어서였을 것이다. 지킬 역시 예외는 아니었다. 두 사람은 벽난로를 사이에 두고 양쪽 끝에 나란히 앉았다. 50대의 잘생긴 얼굴에 비밀스러운 구석도 엿보이기는 했으나 부드럽고 세련된 지킬에게는 유능함과 친절함이 몸에 배어 있었다. 어터슨을 바라보는 지킬의 눈빛에서 그가 어터슨의 솔직하고 따스한 애정을 소중히 여긴다는 걸 알 수 있었다.

"지킬, 자네와 얘기를 나누고 싶었네. 자네가 작성한 유언장 기억하지?"

어터슨이 먼저 운을 뗐다. 유언장이 썩 유쾌한 주제가 아니라는 건 조금만 관찰해도 쉽게 알 수 있었지만 지킬은 유쾌하게 받아넘겼다.

"나처럼 고약한 고객을 만나 고생이 많군, 어터슨. 내 유언장으로 고민하고 있는 자네를 보니 이렇게 괴로워하는 사람이 세상에 또 있을까 싶군그래. 내 연구를 과학계의 이단이라고 부르던 편협한 고집쟁이 래니언만 빼고 말일세. 그래, 래니언이 좋은 친구라는 건 나도 알아. 그러니 인상 좀 펴게. 하지만 고지식한 건 정말 알아줘야 한다니까. 래니언에게는 정말 실망했어."

"자네도 알겠지만 나는 유언장에 동의하지 않았어."

화제를 바꾸려는 지킬의 시도에도 아랑곳하지 않고 어터슨은 이야기를 계속 이어 갔다.

"내 유언장 말인가? 그래, 나도 알아. 자네도 그렇게 말하지 않나."

지킬의 목소리도 다소 날카로워졌다.

"그렇다면 다시 말하겠네. 난 자네 유언장에 동의할 수 없네. 그 하이드란 친구에 대해 얘기를 들었거든."

어터슨은 이야기를 멈출 생각이 없었다. 하지만 이야기를 듣던 지킬 박사의 잘생긴 얼굴이 입술까지 창백해지더니 눈에 어두운 그림자가 드리워졌다.

"더 듣고 싶지 않군. 그 얘기는 그만하기로 했잖나."

"정말 끔찍한 이야기를 듣고 말았어."

어터슨의 대답에 지킬의 태도가 사뭇 달라졌다.

"그렇다고 달라질 것은 없어. 자넨 내 상황을 이해하지 못해. 난 지금 상당히 고통스럽다네. 아주 특수한 상황에 놓여 있거든. 이렇게 떠드는 것만으로 해결하지 못할 이상한 상황 말이네."

"지킬, 날 잘 알지 않나. 난 믿을 만한 사람이야. 그러니 전부 털어놓게. 내가 자네를 도울 수 있을 거라 확신하네."

어터슨은 포기하지 않고 지킬을 설득했다.

"어터슨. 자넨 정말 좋은 친구야. 자네에게 어떻게 고마움을 표할 수 있을지도 모르겠어. 난 자네를 전적으로 신뢰하네. 세상 누구보다도 자네를 믿어. 만약 한 명만 선택해야 한다면 나 자신보다 자네를 선택할 걸세. 하지만 이 일은 자네가 생각하는 그런 일도 아니고 나쁜 일도 아니야. 자네가 안심하도록 한 가지 알려 주지. 내가 원하면 언제든 하이드와 인연을 끊을 수 있다네. 그것만은 확실해. 정말 고맙게 생각하지만, 마지막으로 한마디만 하겠네. 기분 나쁘게 듣지는 말아 주게. 다만 이 일은 내 개인적인 문제이니 자네는 잊어 주면 좋겠어."

어터슨은 잠시 타오르는 불빛을 쳐다보며 생각에 잠겼다. 그리고 천천히 자리에서 일어나며 말했다.

"그래, 자네 말이 옳아."

"말이 나온 김에 마지막으로 내 바람을 털어놓자면, 자네가 꼭 이해해 주었으면 하는 부탁이 하나 있다네. 난 불쌍한 하이드에게 상당히 관심이 많아. 자네와 만났다는 얘기도 하이드에게 들었네. 분명 자네에게 무례하게 굴었겠지. 어터슨, 내게 약속해 주게. 혹시 내가 사라지거든 하이드가 정당한 권리를 물려받도록 자네가 좀 참아 주게나. 무슨 일인지 안다면 자네도 도왔을 거야. 약속만 해 준다면 내 마음의 짐도 한결 가벼워질 거야."

"하이드를 좋아하는 척은 못 하겠네."

그러자 지킬은 어터슨의 팔을 붙잡으며 애원하다시피 호소했다.

"그런 부탁이 아니야. 그저 정당한 권리를 찾게 도와 달라는 말이야. 내가 사라지면 날 생각해서라도 꼭 하이드를 도와주게."

어터슨은 한숨을 내쉬었다.

"그래, 약속하지."

4
커루 살인 사건

그로부터 거의 1년이 지났다. 18××년 10월 어느 날, 유례없는 흉악한 범죄가 발생하면서 온 런던이 충격에 휩싸였다. 피해자가 상당히 높은 지위의 저명한 인사라는 사실로 사건은 더 유명해졌다. 밝혀진 사실은 많지 않았지만 상당히 끔찍했음은 분명했다. 템스강 근처에서 혼자 살던 어떤 하녀가 밤 11시쯤 침실이 있는 위층으로 올라갔다. 새벽이면 온 런던이 안개에 싸이지만, 아직 자정이 넘지 않은 시간이라 하늘은 구름 한 점 없이 맑았다. 2층에서 내려다보이는 거리는 보름달로 환하게 밝았다. 하녀는 창문 바로 앞에 놓인 나무 상자에 걸터앉아 잠시 낭만적인 기분에 젖어 혼자 상상에 빠져들었다. 나중에 눈물을 펑펑 쏟으면서도 그날처럼 평온했던 밤은 처음이었다고 증언할 정도로 고요한 밤이었다. 멀리서 멋진 백발의 노신사가 길을 따라 그녀의 집 방향으로 걸어왔고, 근처에서 키가 아주 작은 남자가 노신사를 향해 다가갔다. 처음에는 하녀도 작은 남자에게 별로 신경을 쓰지 않았다고 했다. 서로 대화를 나눌 정도로 거리가 가까워졌을 땐 두 사람 모두 하녀가 앉아 있던 창가 바로 아래에 도착해 있었다. 노신사는 아주 정중하게 작은 남자에게 인사를 하고 말을 걸었다. 대화 내용은 그다지 중요해 보이지 않았다. 손가락으로 어딘가를 가리키는 모습으로는 단순히 길을 묻는 듯 보였지만, 뭔가를 중얼거리는 노신사의 얼굴에 달빛이 비추자 하녀는 바라보는 것만으로도 황홀해졌다. 그토록 순수하고 친절한, 그러면서도 품위 있고 여유로운 기품을 자신도 함께 숨 쉬는 기분이었다. 하녀는 곧 상대의 얼굴을 쳐다보다가 하이드를 알아보고 깜짝 놀랐다. 자신이 모시는 주인의 집에 찾아왔을 때 얼굴을 한 번 봤을 뿐이었는데도 혐오스럽다고 생각했던 바로 그 사람이었다. 하이드는 손에 든 단단한 지팡이를 건성으로 흔들며 상대의 말에 대꾸도 하지 않고 초조한 표정으로 남자의 말을 듣고만 있었다. 그때 하이드가 불같이 화를 내며 발을 구르고 지팡이를 휘둘렀다. 하녀의 설명에 따르면 미친 사람 같았다는 것이다. 노신사는 깜짝 놀라 당황한 얼굴로 한 걸음 뒤로 물러났고, 그걸 본 하이드가 지팡이를 휘두르며 달려들었다. 화가 난 유인원처럼 이성을 잃은 하이드는 피해자가 쓰러지고 나서도 멈추지 않고 몸을 짓밟고 지팡이로 내리쳤다. 뼈가 으스러지는 소리가 들렸고 맞을 때마다 들썩이던 몸이 도로로 떨어졌다. 끔찍한 광경과 소름 끼치는 소리에

하녀는 너무 무서워 그만 기절하고 말았다.

하녀가 다시 정신을 차리고 경찰에 연락한 건 새벽 2시였다. 살인범은 이미 한참 전에 사라졌고, 심하게 훼손된 시신은 길 한가운데 그대로 버려져 있었다. 단단한 재질의 나무 지팡이는 어찌나 세게 휘둘렀는지 반으로 부러져 반쪽은 근처 하수구에 떨어졌고, 나머지 반쪽은 살인범이 가지고 갔는지 보이지 않았다. 피해자의 지갑과 금시계는 그대로 남아 있었다. 하지만 봉인되어 우표가 붙은 봉투를 제외하면 신분증이나 서류는 하나도 없었다. 아마도 노신사는 편지를 가지고 우체국으로 향하던 길이었을 것이다. 봉투에는 어터슨의 이름과 주소가 적혀 있었다.

편지는 이튿날 아침 어터슨에게 전달됐다. 평소라면 아직 일어나지도 않았을 이른 시간이었지만, 어터슨은 편지를 받자마자 무슨 일인지도 모른 채 굳은 표정으로 말을 아꼈다.

"시신을 보기 전에는 아무 얘기도 하지 않겠습니다. 아주 심각한 문제 같군요. 옷을 갈아입고 올 테니 조금 기다려 주시오."

어터슨은 심각한 표정으로 서둘러 식사를 마치고 시신이 옮겨진 경찰서로 향했다. 시신을 확인한 어터슨이 고개를 끄덕였다.

"제가 아는 사람입니다. 안타까운 일입니다만, 이분은 댄버스 커루 경입니다."

"맙소사, 이런 일이 벌어지다니!"

경관은 화들짝 놀랐지만 이내 눈빛이 의욕적으로 변했다.

"거참, 꽤 시끄러워지겠군요. 아무래도 어터슨 씨께서 도
와주시면 좋겠군요."

경관은 하녀가 신고한 내용을 간단히 설명하고 부러진 지
팡이를 보여 줬다.

하이드라는 이름을 듣는 순간 어터슨은 잠시 긴장했지
만, 눈앞에 놓인 지팡이를 보자 의심은 확신으로 바뀌었다.
망가지고 부러지긴 했으나 분명 몇 년 전 자신이 직접 지킬
에게 선물한 지팡이였다.

"하이드란 사람이 키가 작다고 하던가요?"

"하녀 말로는 유난히 작고 괴상하게 생겼다고 했습니다."

경찰의 대답에 어터슨은 생각에 잠겼다가 천천히 고개를
들고 말했다.

"제 마차를 타고 가시죠. 그자의 집까지 안내하겠소."

오전 9시가 되어 가자 올가을 들어 첫 아침 안개가 낀 거
리 위로 짙은 먹구름이 낮게 깔렸다. 세상은 온통 적갈색으
로 물들었다가 강한 바람에 안개가 밀리면서 노을이 지듯
하늘이 붉게 물들며 날이 점점 환해졌다. 마차를 타고 거리
에서 거리로 이동하는 동안 어터슨은 시시각각 변하는 거

리 풍경에 넋을 잃었다. 한밤중처럼 어두컴컴한 골목을 지나고, 거대한 화재 현장처럼 황갈색으로 물든 골목을 지나자, 잠시 안개가 걷혔다가 곧 바람을 따라 휘말리는 안개 사이로 희미한 햇살이 처량하게 빛을 비췄다. 시시각각 변하는 거리의 풍경, 지저분한 진창길, 후줄근한 사람들. 한 번도 꺼진 적 없고, 서글프게 밀려오는 어둠을 쫓아내려 새로 켜진 적도 없는 희미한 가로등. 소호의 우울한 모습이 어터슨에게는 악몽에나 나올 법한 도시 풍경처럼 느껴졌다. 하지만 그 중에서 가장 우울한 건 어터슨의 심정이었다. 문득 옆자리에 앉은 경관의 얼굴을 쳐다보니 법과 법의 집행자인 경찰이 갑자기 두려워졌다. 때로는 죄 없는 선량한 사람들도 이들의 존재에 겁을 먹기 마련이었다.

알려 준 주소지에 도착할 때쯤엔 안개가 더 걷혀서 우울한 거리가 그대로 드러났다. 싸구려 술집과 프랑스 식당, 그리고 허술한 추리소설과 2페니짜리 값싼 샐러드를 파는 가게. 해진 옷을 걸친 아이들은 집 앞에서 소란을 피웠고, 이나라 저 나라에서 온 외국 여자들은 손에 열쇠를 들고 아침부터 한잔하러 바삐 지나갔다. 이내 안개가 가라앉고 다시 주변이 암갈색으로 바뀌면서 지저분한 풍경을 모두 지워 버렸다. 지킬이 그토록 아끼는 친구이자 25만 파운드를 물려받게 될 남자의 집이 바로 여기에 있었다.

문을 두드리자 머리가 허옇게 센 노파가 문을 열었다. 상아처럼 흰 얼굴은 사악한 표정을 하고 있었지만 태도만은 나무랄 데 없었다.

"네. 하이드 씨의 집이 맞습니다만, 지금은 외출 중이십니다."

노파는 그가 어젯밤 늦게 돌아왔다가 한 시간도 안 돼서 다시 나갔다고 설명했다. 워낙 생활이 불규칙해서 특별한 일도 아니라며, 집에 잘 들어오지 않는다고도 덧붙였다. 실제로 지난 두 달 동안 어제 처음으로 집에 들렀다는 것이다.

"그런가요? 잘됐군요. 하이드 씨의 방을 보여 주겠소?"

노파가 거절하려는데 어터슨이 먼저 말을 막았다.

"이분이 누군지 말씀 드려야겠군요. 경시청에서 나오신 뉴커먼 경위라오."

순간 노파의 얼굴에 기분 나쁜 웃음이 흘렀다.

"이런! 무슨 사고가 났나 보군요! 주인님이 무슨 짓을 저질렀나요?"

어터슨과 경위가 서로 눈빛을 교환했다. 이번에는 경위가 말했다.

"아무래도 인기가 좋은 사람은 아니었나 보군요. 아무튼, 안을 좀 둘러봐야겠습니다."

노파가 머무는 곳을 제외하고는 집 전체가 거의 비어 있었다. 하이드는 방을 두 칸만 사용했는데, 의외로 고급 가구로 세련되게 꾸며져 있었다. 장은 포도주로 가득했고, 은쟁반과 우아한 테이블보, 냅킨 등이 눈에 들어왔다. 벽에는 미술 애호가이기도 한 지킬의 선물로 보이는 근사한 그림이 걸려 있었다. 카펫은 두툼하고 색상도 괜찮았다. 하지만 누군가 방 안을 황급히 뒤진 흔적이 여기저기 보였다. 바닥에 널브러진 옷가지의 주머니는 모두 뒤집혀 밖으로 튀어나와 있었고 잠금장치가 달린 서랍도 모두 열려 있었다. 벽난로에는 종이를 태운 듯 회색 재가 가득했다. 아직 불씨가 남은 장작 사이에서 경위가 타다 만 녹색 수표책을 끄집어냈다. 부러진 지팡이의 남은 반쪽도 문 뒤에서 나왔다. 결정적인 증거물이 나오자 경위가 만족감을 드러냈다. 우리는 수표를 들고 은행으로 찾아갔다. 살인범의 계좌에는 아직 수천 파운드가 고스란히 남아 있었다. 경위의 만족감은 확신으로 바뀌었다.

"녀석은 제 손바닥 안에 있는 거나 마찬가집니다. 제정신이라면 지팡이를 남겨 두거나 수표책을 태우지도 않았을 겁니다. 돈은 목숨과도 같으니까요. 이제 은행에서 기다리면서 수배 전단이나 돌리면 되겠군요."

하지만 수배 전단 만드는 일은 진전이 없었다. 하이드와 친한 사람이 거의 없었고, 목격자인 하녀의 주인도 하이드를 겨우 두 번밖에 만나지 못했다며 선뜻 나서지 못했다. 가족은 추적이 불가능했고, 사진도 없었다. 목격자의 묘사가 늘 그렇듯 하이드를 본 사람의 말도 모두 제각각이었고, 그나마 일치하는 묘사라고는 하이드를 본 순간 느끼는 어딘가 기형적인 인상이 전부였다.

5
기이한 편지

어터슨이 지킬 박사를 찾아간 건 늦은 오후였다. 문을 두드리자 풀이 문을 열고 즉시 안으로 맞이했다. 풀을 따라 부엌을 지나 한때는 정원으로 사용했던 마당을 가로질러 다른 건물로 들어갔다. 해부학 강의실, 혹은 연구실로 쓰였던 건물이었다. 지킬은 유명한 외과 의사의 상속인에게서 저택을 매입했지만, 해부학보다는 화학에 관심이 많았던 터라 건물 용도를 연구실로 변경했다. 어터슨이 이 건물로 들어온 건 이번이 처음이었다. 우중충하고 창문 하나 없는 방을 가로지르며 어터슨은 낯설고 불쾌한 감정에 싸여 호기심 어린 눈빛으로 방을 둘러봤다. 한때는 열성적인 학생들로 북적거리던 계단식 강의실도 지금은 삭막하고 쓸쓸한 공간으로 변해 버렸다. 책상에는 화학물질이 든 실험 기구가 쌓여 있고, 빈 상자와 포장재로 쓰였던 지푸라기가 바닥에 지저분하게 널려 있었다. 둥근 지붕으로 햇빛이 희미하게 들어오고, 들어온 입구 반대편 끝에 있는 층계 위로 붉은색 베이즈 천을 댄 문[8]이 보였다. 그 문 너머가 지킬이 있는 서재였다. 넓은 서재는 유리문이 달린 책장이 벽을 가득 채웠다. 그 외에도 기울기를 조정할 수 있는 전신 거울과 책상이 놓여 있고, 쇠창살이 달리고 먼지가 뿌옇게 낀 창문 세 개가 있어서 뜰을 내려다볼 수 있었다. 난로에는 불이 타올랐다. 집 안까지 안개가 새어 들어와 내려앉기 시작해서인지 굴뚝에 달린 선반에는 등을 켜두었다. 그리고 난로 바로 앞에 지킬이 앉아 있었다. 몸이 좋지 않은지 지킬은 손님이 찾아왔는데도 자리에서 일어나지 못했고, 쉰 목소리로 인사를 건네며 차가운 손을 겨우 드는 게 고작이었다.

풀이 방을 나가자 어터슨은 본론으로 들어갔다.

"자네도 소식을 들었겠지?"

지킬이 몸을 부들부들 떨며 답했다.

"밖에서 온통 그 얘기만 떠들더군. 식당에서 들었네."

"한마디만 하겠네. 커루는 내 고객이었어. 하지만 자네도 마찬가지야. 그래서 내가 실수를 하는 건 아닌지 알아야겠네. 자네, 혹시 하이드를 숨겨 준다거나 하는 어리석은 짓은 하지 않았겠지?"

"어터슨, 신께 맹세코 그자를 다시 보지 않을 생각이네. 내 명예를 걸고 자네와 약속하지. 하이드와는 다 끝이야. 자넨 그 친구를 잘 모르겠지만 사실 내가 도울 필요도 없다네.

---

8   A door covered with red baize. 주인 전용 공간임을 표시한 문. 베이즈 천을 문에 달아 해당 공간이 주인 전용임을 나타낸 것이다.-옮긴이

그자는 이제 위험하지 않아. 정말이야. 내 말을 믿어 주게. 다시는 하이드의 소식을 들을 일은 없을 거야."

어터슨의 표정이 어두워졌다. 필요 이상으로 흥분하는 지킬의 태도가 왠지 마음에 걸렸다.

"너무 확신하는군. 자네를 위해서라도 그 말이 옳기를 바라네. 만약 재판이 열리게 되면 자네 이름도 언급될 거야."

"그건 확실해. 다른 사람에게 말할 순 없지만 분명한 이유가 있거든. 하지만 자네의 충고가 필요한 문제가 하나 있다네. 오늘 편지 한 통을 받았는데 이 편지를 경찰에 신고해야 하는지 판단이 서질 않아서 말이야. 그러니, 어터슨, 자네가 이 편지를 맡아 현명하게 판단해 주게나. 믿을 사람은 자네밖에 없군."

"혹시 이 편지로 하이드가 발각될까 두려운가 보군."

"아니야. 이제 하이드가 어떻게 되든 상관없다네. 아까도 말했지만 하이드와는 다 끝이거든. 다만 이 끔찍한 사건에 연루되어 내 이름이 더럽혀질까 두려울 뿐이네."

어터슨은 잠시 생각에 잠겼다. 그는 친구의 이기심에 놀라면서도 한편으로는 마음이 놓였다.

"그런가. 편지를 살펴보지."

편지는 이상하리만치 또박또박 눌러쓴 글씨체였다. 제일 아래에는 '에드워드 하이드'라고 서명이 되어 있었다. 편지의 내용은 짧았다. 잡힐 걱정이 없는 안전한 곳으로 도주했으니 오랜 세월 자신을 기꺼이 후원해 준 지킬 박사더러 자신의 안전을 걱정하지 말라는 내용이었다. 기대에 부응하지 못해 미안하다는 내용도 있었다. 이 정도 편지면 충분했다. 생각보다 더 자신을 의지한다는 느낌을 받은 어터슨은 괜한 의심을 했다며 자신을 책망했다.

"봉투는 어디 있나?"

"받자마자 별생각 없이 태워 버렸어. 하지만 소인은 없었네. 인편으로 받았거든."

"이 편지를 가져가서 살펴봐도 되겠나?"

"전적으로 자네 판단에 맡기겠네. 이젠 나 자신도 믿을 수가 없어졌어."

"그럼 고민을 좀 해 보겠네. 그리고 하나만 더 묻지. 자네 유언장에 실종에 관한 조항을 넣은 것도 하이드였나?"

지킬은 순간 아찔했는지 입을 굳게 닫고 고개만 끄덕였다.

"그럴 줄 알았네. 하이드가 자네를 죽이려고 했군. 자네는 아슬아슬하게 살아남았고."

지킬의 표정이 더 어두워졌다.

"이번 일로 어쨌든 큰 교훈을 얻었지. 맙소사, 어터슨! 내가 그리도 어리석었다니!"

지킬은 두 손에 얼굴을 묻었다.

밖으로 나오던 어터슨은 풀과 잠시 이야기를 나눴다.

"그건 그렇고, 오늘 편지가 도착하지 않았나? 편지를 가져온 이는 어떤 사람이었지?"

하지만 풀은 우체국에서 온 배달 외에 편지를 가져온 사람은 없었다면서 그마저도 전부 광고지였다고 대답했다.

풀의 대답에 어터슨의 걱정이 되살아났다. 편지는 연구실로 통하는 문으로 직접 배달된 듯했지만, 어쩌면 연구실에서 썼을지도 모른다. 만약 그렇다면 편지를 다른 방향에서 판단하고 좀 더 주의 깊게 다뤄야 했다. 거리로 나오자 신문을 파는 사내아이가 목청껏 소리를 지르고 있었다.

"호외요! 끔찍한 살인 사건이에요! 국회의원이 살해당했어요!"

어터슨에게는 그 외침이 친구이자 고객이기도 했던 남자의 장례식 추도사처럼 들렸다. 게다가 또 다른 친구의 명성이 지저분한 스캔들에 휘말려 땅바닥에 내동댕이쳐질지 모른다는 불안함을 감출 수 없었다. 이제 어려운 선택을 해야 했다. 평소 남에게 의지하지 않는 편이었지만 지금은 누군가의 조언이 절실하게 필요했다. 그렇다고 대놓고 물어볼 수 있는 문제도 아니었으니, 어터슨은 넌지시 알아보기로 했다.

얼마 뒤, 어터슨은 집으로 돌아와 사무장인 게스트와 난롯가에 마주앉았다. 두 사람 사이에는 어두운 지하실에 오래 보관했던 특별한 포도주가 난롯불과 적당히 거리를 두고 놓여 있었다. 안개 속에 가라앉은 도시에는 가로등 불빛만이 붉은 보석처럼 빛나고 있었다. 매연과 뒤섞여 온 도시를 질식시킬 듯 내려앉은 안개 속에서도 도시의 생명력은 강풍이 휘몰아치는 소음을 일으키며 도시의 대동맥을 질주했다. 하지만 서재는 난롯불로 아늑하기만 했다. 햇빛이 들지 않게 색을 입힌 창문 아래서 오랜 세월 숙성된 포도주는 처음의 자줏빛이 부드러워져 더 깊은 색을 드러냈으며, 신맛은 옅어지고 향은 풍부해졌다. 포도주에서 느껴지는 뜨거운 가을 햇살. 언덕 위 포도밭을 달구며 반짝이던 그 오후 햇살은 오랜 세월 병 속에 갇혀 있다가 언제든 자유로워져 런던의 짙은 안개를 밀어내 버릴 것 같았다. 어터슨의 기분도 조금은 느긋해졌다. 게스트만큼 어터슨의 비밀을 많이 아는 사람은 없었다. 숨기고 싶은 비밀도 상대가 게스트라면 어느 샌가 털어놓고 말았다. 게스트는 업무상 지킬 박사와 자주 만났고 풀도 잘 알고 지냈다. 그러니 하이드에 관해 무슨 얘기라도 듣지 못했을 리 없었다. 어쩌면 게스트가 해답을 가지고 있는지도 모른다. 그렇다면 편지를 보여 주고 의문을 푸는 것이 낫다고 판단했다. 게다가 필체 전문가인 게스트가 편지를 보고 뭐라 언급을 한다면 어터슨은 거기에 따라 앞으로 어떻게 할지 결정할 생각이었다.

"댄버스 씨 일은 유감이야."

어터슨이 먼저 운을 뗐다.

"정말 그렇습니다. 사람들이 많이 동요하더군요. 정말 미친놈이에요."

"그 사건에 관해 자네 의견이 듣고 싶어서 불렀네. 범인이 쓴 편지를 가지고 왔는데 아직 어떻게 할지 결정하지 못했어. 그래서 당분간은 아무도 모르게 하고 싶네. 너무도 끔찍한 일이야. 자, 이 편지라네. 편하게 살펴보게나. 살인자가 직접 쓰고 서명까지 했어."

게스트가 눈을 반짝이며 열심히 편지를 들여다봤다.

"음, 미친 건 아니군요. 하지만 글씨체가 평범하지는 않습니다."

"그래, 아주 유별난 작자였지."

그때 집사가 들어와 어터슨에게 쪽지를 건넸다.

"지킬 박사님께서 보내신 쪽지입니까? 박사님 글씨체 같았거든요. 혹시 제가 보면 안 되는 내용입니까?"

"저녁 만찬 초대장이라네. 왜 그러나? 이걸 보고 싶은가?"

"잠시 보여 주시죠. 고맙습니다, 어터슨 씨."

게스트는 종이 두 장을 나란히 놓고 그 내용물을 꼼꼼히 비교했다. 잠시 후, 게스트가 두 장 모두를 어터슨에게 돌려주었다.

"잘 봤습니다. 흥미로운 필체군요."

잠시 정적이 흐르자 심기가 불편해진 어터슨은 더는 못 참겠는지 물었다.

"왜 쪽지와 편지를 비교했나?"

"어터슨 씨. 둘의 필체가 상당히 비슷합니다. 글자 기울기를 제외하면 거의 같은 글씨입니다."

"특이하군."

"네, 말씀대로 아주 특이합니다."

"이 편지에 대해선 아무에게도 알리지 말게."

"물론이죠. 잘 알고 있습니다."

어터슨은 혼자 서재에 남아 편지를 금고에 넣었다. 편지는 그 뒤로 금고 안에 그대로 남아 있었다.

"맙소사! 지킬이 살인범을 위해 편지를 위조했군!"

거기까지 생각이 미치자 어터슨은 갑자기 등골이 오싹해졌다.

6
래니언 박사에게 생긴 일

시간은 계속 흘렀다. 살인범에게는 수천 파운드의 현상금이 내걸렸다. 시민들은 댄버스 경의 죽음에 분노하고 또 상처 받았다. 하지만 하이드는 이 세상에 존재하지 않는 사람처럼 경찰의 눈을 피해 완전히 잠적했다. 그의 과거도 일부 드러났다. 냉혹하고 폭력적이었던 잔인한 행동과 부도덕한 삶, 이상한 친구들, 그를 둘러싼 증오심 등 온갖 지저분한 이야기뿐이었지만, 지금 그가 어디에 숨어 있는지는 한마디도 들리지 않았다. 살인이 일어난 밤 소호에 있는 집을 떠난 뒤로 말 그대로 세상에서 지워진 것처럼 사라져 버렸다. 시간이 흐를수록 어터슨은 점점 경계심을 풀고 안정을 되찾았다. 어터슨의 입장에서는 댄버스 경의 죽음도 하이드의 실종으로 어느 정도 보상받은 기분이었다. 하이드의 사악한 영향력이 사라지자 지킬에게도 새로운 삶이 시작됐다. 은둔 생활을 박차고 나와 새로운 친구를 사귀며 다시 좋은 친구가 되어 주는 그에게 여기저기서 초대장이 날아들었다. 원래 자선 활동으로 유명했지만 이제는 종교 생활도 열심이었다. 바쁘게 지내며 밖에서 보내는 시간이 늘어났고, 선행을 베풀며 그의 얼굴에선 다시 빛이 났다. 지킬은 그렇게 두 달 이상 평온한 시간을 보냈다.

1월 8일, 지킬의 집에서 조촐한 저녁 만찬이 열렸다. 어터슨과 래니언도 참석한 자리였다. 오래전 셋이 늘 함께 몰려 다니던 시절처럼 지킬은 연신 두 사람을 번갈아 쳐다보며 이야기를 나눴고 그렇게 대화가 무르익었다. 하지만 며칠 후인 12일, 그리고 다시 14일에 찾아갔을 때 지킬의 저택 문은 다시 굳게 닫혀 있었다.

"박사님께서는 지금 집 안에 틀어박혀서 아무도 만나지 않으십니다."

풀은 곤란해하며 어터슨에게 말했다. 15일에 또다시 찾아갔지만 역시 그대로 발길을 돌려야 했다. 지난 두 달 동안 거의 매일처럼 만났건만 이렇게 번번이 거절당하자 돌아서는 발걸음이 무거웠다. 닷새째 되던 날 게스트를 불러 함께 저녁 식사를 나눈 어터슨은 이튿날 래니언 박사를 찾아갔다.

적어도 래니언은 어터슨을 대문 앞에서 쫓아내지는 않았다. 하지만 집 안으로 들어간 어터슨은 래니언의 변해 버린 모습에 적잖이 충격을 받았다. 그의 얼굴에는 죽음의 그림자가 짙게 드리워 있었다. 홍조를 띠던 얼굴은 백지처럼 창백했다. 몸은 수척해지고 머리숱도 줄어 훨씬 늙어 보였다.

하지만 어터슨의 눈에 들어온 건 이러한 갑작스러운 노화가 아니었다. 래니언의 태도와 눈빛에서는 가슴 깊숙이 자리 잡은 공포가 그대로 느껴졌다. 래니언이 죽음을 두려워할 성격은 아니라고 생각하면서도 차라리 그게 원인이라고 믿고 싶었다.

어터슨은 생각했다.

'그래, 래니언은 의사야. 자신이 살날이 얼마 남지 않았다는 걸 알고 견딜 수 없어진 거겠지.'

하지만 안색이 나빠 보인다는 그의 말에 래니언은 진지한 표정으로 자신이 저주받았다고 고백했다.

"어터슨, 난 정말 충격을 받았네. 아마 다시는 회복하지 못할 거야. 길어 봐야 몇 주밖에 남지 않았겠지. 그런대로 즐거운 인생이었네. 그 전까지는 말이야. 모든 걸 진작 알았더라면 아마 더 일찍 죽고 싶었을지 몰라."

"지킬도 아프다고 하더군. 그 친구를 만나진 못했나?"

그 말에 래니언이 정색을 하며 부들부들 떨리는 손을 겨우 들어 올렸다.

"지킬이라면 보고 싶지도 않고 얘기도 듣고 싶지 않군."

불편한 목소리로 래니언이 언성을 높여 말을 이었다.

"지킬이라면 지긋지긋하네. 이제 내게는 죽은 사람이나 마찬가지이니, 앞으로 내 앞에서 그 얘기는 꺼내지도 말게."

한동안 침묵하던 어터슨은 겨우 입을 열었다.

"쯧쯧. 내가 도와줄 일은 없겠는가? 래니언, 우린 아주 오랜 친구잖나. 이제 와서 새로운 친구를 사귈 만큼 남은 시간이 많지도 않아."

"나도 어쩔 수 없네. 지킬에게 직접 물어보게."

"지킬이 만나려고 하지 않는다네."

"별로 놀랍지도 않군. 어터슨, 언젠가…… 언젠가 내가 죽고 나면 이게 어떻게 된 일이며 누가 옳고 그른지 알게 될 거야. 하지만 지금은 아무 얘기도 할 수가 없어. 내 옆에 앉아 다른 이야기라도 하고 싶다면 여기에 머물러 줘. 하지만 그 저주받을 이야기를 계속할 생각이라면 제발 나가 줘. 도저히 견딜 수가 없어."

집으로 돌아온 어터슨은 곧장 자리에 앉아 지킬에게 편지를 썼다. 자신을 집에 들이지도 않고 돌려보낸 일을 원망하면서 래니언과 그토록 안 좋게 갈라선 이유를 물었다. 이튿날, 장문의 답장이 도착했다. 편지는 감상적인 단어로 가득했고, 때로는 알 수 없는 음습한 분위기마저 감돌았다. 래니언과의 다툼은 회복될 수 없는 문제였다. 편지에는 이렇게 쓰여 있었다.

····

옛 친구를 탓할 생각은 없네. 하지만 다시 만나지 않겠다는 그 친구의 의견에 나도 동의하네. 나는 이제 조용히 은둔자 생활을 하기로 했네. 내 문이 자네에게 닫혀 있다고 해서 내 우정을 의심하거나 놀라지 않기를 바라네. 내가 음침한 길로 홀로 떠나더라도 그냥 내버려 두게. 지금은 말할 수 없지만, 이 위험도 결국 내 잘못으로 인한 형벌이니까. 내가 죄인 중의 죄인이라면 가장 큰 고통 역시 내 몫이겠지. 이토록 사람을 무기력하게 만드는 고통과 공포로 가득한 곳이 이 세상에 존재하리라고는 상상도 못 했었네. 하지만 어터슨, 이것 하나만 부탁하네. 내 마음을 가볍게 해 주기 위해서라도 제발 내 침묵을 존중해 주길 바라네.

· · · ·

어터슨은 깜짝 놀랐다. 하이드의 사악한 기운은 이미 사라지고 지킬은 다시 옛날로 돌아오지 않았던가? 일주일 전만 해도 지킬의 미소에서 희망적인 미래를 느낄 수 있었다. 하지만 우정과 마음의 평화는 순식간에 깨지고, 지킬의 인생은 완전히 망가지고 말았다. 갑작스럽고 엄청난 변화는 광기로 치닫고 있었다. 하지만 래니언의 말투와 태도로 짐작하건대 분명 더 깊이 숨겨진 다른 원인이 있었다.

그로부터 일주일 후, 몸져누운 래니언은 보름을 넘기지 못하고 세상을 떠났다. 장례식이 치러진 이튿날, 어수선한 마음을 다스리지 못하던 어터슨은 서재로 가 문을 잠갔다. 그리고 우울한 촛불 불빛 아래서 밀봉된 편지 봉투 하나를 꺼냈다. 죽은 래니언이 직접 손으로 적어 보낸 것이었다.

"G. J. 어터슨 본인에게 직접 전달하시오. 어터슨이 이미 사망했다면 개봉하지 말고 불태우시오."

봉투에 적힌 이 글에는 진하게 밑줄이 그어져 있었다. 어터슨은 봉투를 열어 그 내용을 알게 되는 것이 두려웠다.

'이제 겨우 친구 하나를 땅에 묻었는데, 이 편지 때문에 다른 친구마저 잃게 되면 어떡하지?'

하지만 그런 두려움이 의리를 저버리는 행동처럼 느껴진 어터슨은 결국 조심스럽게 봉인을 뜯었다. 그 안에는 또 다른 봉투가 들어 있었고 역시 봉인된 채였다. 봉투 겉에는 이렇게 적혀 있었다.

"헨리 지킬 박사가 사망하거나 실종된 후에 개봉하게."

어터슨은 눈을 의심했다. '실종'이라는 단어가 다시 불쑥 튀어나왔다. 오래전 주인에게 되돌려 보낸 정신 나간 유언장처럼, 이 편지에도 '실종'이라는 단어와 '헨리 지킬'의 이름이 똑똑히 쓰여 있었다. 유언장은 모두 '하이드'라는 인물로부터 비롯된 문제였으니 괴상하지만 분명한 이유가 있었다. 그렇다면 래니언은 대체 왜 그 단어를 사용했을까? 어터슨은 봉투에 쓰인 경고문 따위는 무시하고 당장 비밀을 풀고 싶은 호기심이 일었다. 하지만 변호사로서, 그리고 세상을 떠난 친구에 대한 예의 때문에라도 그럴 수는 없었다. 어터슨은 자신의 금고 제일 깊숙이 편지를 집어넣었다.

호기심을 참는 것만큼이나 극복하는 것 또한 쉽지 않았다. 그날 이후로 어터슨은 남은 친구와의 우정을 되살리고 싶은 마음이 아직 남아 있는지 자신이 없었다. 지킬은 좋은 친구였지만 왠지 불안하고 두려운 마음이 앞섰다. 실은 지킬을 찾아가긴 하면서도 문전박대를 당하면 오히려 안심이 되었다. 꽁꽁 숨어 버린 친구의 집 안으로 들어가 도대체 이해할 수 없는 은둔자가 돼 버린 지킬과 마주 앉느니, 차라리 도시의 공기와 소음에 둘러싸인 현관 앞에서 풀과 몇 마디 나누는 편이 훨씬 마음이 편했다. 풀이 전해 준 이야기 역시 그다지 즐거운 소식은 아니었다. 예전보다 훨씬 더 연구실 위 서재에 틀어박힌 지킬은 이제 밤에도 침실로 돌아가지 않는다고 했다. 기운도 없고 말수도 확연히 줄었으며, 더 이상 책도 읽지 않는 것으로 보아 무슨 고민거리라도 있는 듯했다. 갈 때마다 풀이 똑같은 얘기만 되풀이하자 어터슨이 지킬의 집을 찾아가는 일도 점점 뜸해졌다.

7
창가에서 있었던 일

엔필드와 어터슨이 다시 문 앞에 선 건 어느 일요일 산책길에서였다. 평소처럼 걷다가 어느덧 번화가 골목으로 들어선 두 사람은 누가 먼저랄 것도 없이 걸음을 멈추고 문을 쳐다봤다. 엔필드가 먼저 말문을 열었다.

"결국 이야기도 이렇게 끝이 났군요. 앞으로 하이드를 볼 일은 없겠죠."

"나도 그러길 바라네. 내가 하이드를 만났었다는 얘길 했던가? 나도 자네처럼 혐오감을 느꼈다네."

"혐오감을 느끼지 못했다면 하이드가 아니었을 겁니다. 그건 그렇고, 여기가 지킬 박사님의 저택 뒷문인줄도 모르고 떠들다니, 절 정말 형편없는 놈이라고 생각하셨겠죠! 그걸 알게 된 데에는 어떻게 보면 변호사님 탓도 있습니다."

"그래, 결국 알아냈군. 그렇다면 뜰로 들어가 창문이라도 올려다볼까. 솔직히 말하면 지킬이 걱정이라네. 만나지 못하더라도 친구가 바깥에 있는 걸 안다면 조금이라도 위로가 되지 않을까 싶네."

하늘은 아직 노을이 지며 환했지만 서늘하고 습한 뜰은 벌써 해가 진 것처럼 어두웠다. 나란히 나 있는 창문 세 개 중에 가운데 창문이 반쯤 열려 있었다. 그리고 창가에 지킬이 감옥에 갇힌 죄수처럼 슬픈 표정으로 앉아 바깥 공기를 쐬고 있었다.

"이런, 지킬 아닌가! 건강이 나아진 건가!"

어터슨이 소리를 질렀다. 하지만 지킬의 목소리는 여전히 힘이 없었다.

"어터슨, 별로 좋지 않다네. 영 좋지 않아. 그래도 다행히 오래가지는 않겠지."

"너무 집 안에만 있어서 그래. 가끔 우리처럼 바깥공기도 쐐야지. 이쪽은 내 사촌 엔필드라네. 엔필드, 저쪽은 지킬 박사야. 자, 어서 내려오게. 모자도 가져오고. 같이 얼른 한 바퀴 돌자고."

하지만 지킬은 한숨만 내쉬었다.

"자넨 정말 좋은 친구야. 나도 진심으로 그러고 싶지만, 아냐. 안 되겠어. 도저히 못 하겠네. 하지만 자네를 이렇게 만나게 되어 얼마나 반가운지 모른다네. 정말 기분이 좋아. 자네와 엔필드 군을 안으로 초대하고 싶은데, 미안하지만 그럴 형편이 못 되는군."

어터슨은 개의치 않고 기분 좋게 대답했다.

"그렇다면 여기 이렇게 서서 잠시 이야기하면 어떻겠나?"

"나도 마침 그러자고 할 생각이었네⋯⋯."

지킬이 미소를 지으며 대답했다. 하지만 말을 마치기도 전에 지킬의 얼굴에서 웃음기가 사라지고 절망과 공포가 얼굴을 뒤덮었다. 아래에서 지켜보던 엔필드와 어터슨도 갑작스러운 변화에 당황하며 등골이 오싹해졌다. 곧 창문이 쾅 하고 닫히는 바람에 순식간에 지나갔지만 그것만으로도 충분했다. 두 사람은 아무 말도 하지 않고 조용히 그곳을 빠져나왔다. 골목을 지나는 동안에도 두 사람은 말이 없었다. 일요일치고는 인적이 많아 활기찬 거리로 나오자 그제야 어터슨이 고개를 돌려 엔필드를 쳐다봤다. 두 사람은 창백한 얼굴로 잠시 서로를 바라봤다. 두 사람 모두 겁에 질려 있었다.

"맙소사. 이런, 맙소사."

어터슨이 중얼거렸다. 엔필드는 심각한 표정으로 고개만 끄덕이고는 조용히 다시 발길을 재촉했다.

8
최후의 밤

어느 밤, 난롯가에서 쉬고 있는 어터슨에게 손님이 찾아왔다. 놀랍게도 풀이었다.

"맙소사, 풀. 무슨 일인가?"

큰 소리로 묻던 어터슨은 잠시 풀을 관찰했다.

"무슨 일이 생겼나? 혹시 지킬이 어디 아프기라도 한가?"

"어터슨 씨, 문제가 생겼습니다."

"우선 좀 앉게. 자, 포도주라도 좀 들게나. 진정하고 무슨 일인지 천천히 얘기해 보게."

"지킬 박사님이 어떤지 아시죠? 그렇게 혼자 틀어박혀 지내시는 것 말입니다. 박사님께서 또 서재에 들어가 나오질 않으십니다. 전 박사님이 그러시는 게 싫습니다. 그걸 좋다고 할 바에야 차라리 죽는 게 낫습니다. 어터슨 씨, 정말 두렵습니다."

어터슨은 풀을 다독였다.

"이런, 이런. 풀, 대체 무슨 말이야? 뭐가 두렵단 건가?"

"벌써 일주일째 저러고 계시니 정말 겁이 납니다. 이제 도저히 못 견디겠어요!"

풀은 어터슨의 질문은 아랑곳하지 않고 자기 얘기만 다급하게 쏟아 냈다. 풀의 태도에서 그의 심정이 충분히 느껴졌다. 평소와 달리 안절부절못하던 풀은 처음에 두렵다는 말을 한 뒤로 어터슨의 눈을 똑바로 쳐다보지도 못했다. 어터슨이 쥐여 준 잔은 입에 대지도 못하고 무릎 위에 올려놓은 채 한쪽 구석 바닥만 뚫어져라 쳐다봤다. 풀이 다시 중얼거렸다.

"이젠 정말 못 견디겠습니다."

"어서 말해 보게. 자네가 이러는 데는 이유가 있겠지. 아무래도 뭐가 단단히 잘못된 것 같군. 도대체 무슨 일인지 얘기해 보게."

어터슨의 재촉에 풀은 마지못해 쉰 목소리로 대답했다.

"범죄가 일어난 것 같습니다."

"범죄라니! 무슨 말인가?"

깜짝 놀란 어터슨이 소리를 질렀다. 불길한 예감이 엄습했다. 하지만 풀에게서 뜻밖의 대답이 돌아왔다.

"감히 말씀드릴 수도 없습니다. 그보다는 저와 함께 가셔서 직접 보시는 게 어떻겠습니까?"

어터슨은 대답 대신 조용히 일어나 모자와 외투를 챙겼다. 무슨 이유에선지 풀의 얼굴에 안도감이 퍼졌다. 아까 마시라고 건넨 포도주도 그대로였다.

3월의 밤공기는 여전히 차가웠다. 거센 바람에 밀려난 듯 창백한 달은 한쪽으로 기울었고, 옅은 구름이 하늘을 가리며 빠르게 밀려왔다. 세차게 부는 바람에 옆에서 떠드는 소리도 제대로 들리지 않았고, 찬바람을 맞은 얼굴은 울긋불긋해졌다. 바람이 행인도 모두 쓸어 갔는지 거리에는 사람 하나 보이지 않았다. 런던의 이 지역이 이토록 적막한 건 처음이었다. 그래서인지 거리에 누구라도 있어 주길 바랐다. 지금껏 살면서 그날처럼 타인의 존재가 그리웠던 적은 없었다. 어쩌면 그 길 끝에 참담한 결말이 기다릴지 모른다는 두려움 때문이었을지도 모른다. 스퀘어에 도착하자 강풍에 먼지가 흩날리고 작은 나무들은 세차게 울타리를 때렸다. 한두 걸음 앞서 걷던 풀은 한길에 서서 혹독한 날씨에도 벌써 모자를 벗어 들고 붉은 손수건으로 이마를 훔쳤다. 하지만 풀이 이마에서 닦아 내려 한 것은 서둘러 오느라 흘린 땀이 아니라 목을 죄어 오는 고통에서 오는 식은땀이었다. 풀의 얼굴은 창백했고 목소리는 갈라졌다.

"도착했습니다, 변호사님. 제발 아무 사고가 없어야 할 텐데요."

"동감이네, 풀."

풀이 조심스럽게 문을 두드렸다. 문이 안쪽에서 열리다가 사슬에 걸려 멈추더니 누군가의 목소리가 들려왔다.

"풀 집사님이세요?"

"그래, 나야. 문 열게."

환한 응접실 벽난로에는 불이 활활 타올랐다. 그 주위에는 하인들이 양 떼처럼 전부 모여 있었다. 어터슨을 본 하녀가 울음을 터뜨렸고, 요리사는 "어머나! 어터슨 씨께서 와 주셨군요!"라며 껴안을 것처럼 어터슨을 향해 달려왔다.

"무슨 일인가? 왜 다 모여 있지? 정말 이상한 일이군. 이게 대체……. 자네들 주인이 알면 좋아하지 않을 거야."

당황한 어터슨이 언짢아하며 나무라자 풀이 나섰다.

"모두 두려워하고 있습니다."

잠시 침묵이 흘렀지만 아무도 나서려 하지 않았다. 하녀가 요란하게 훌쩍이는 소리만 정적을 깼다.

"조용히 하지 못해!"

하녀에게 버럭 소리를 지르는 풀의 목소리에도 불안감은 그대로 묻어났다. 어린 하녀의 울음소리가 갑자기 더 커지자 다른 하인들은 깜짝 놀라며 불안한 얼굴로 안쪽으로 들어가는 문을 쳐다봤다. 풀은 다시 정신을 차리고 식기 닦는 아이를 불렀다.

"촛불을 가져와라. 이 문제는 여기서 끝장을 봐야 한다."

풀은 어터슨에게 제발 자신과 함께 가 달라고 부탁한 뒤

마당으로 앞서 걸어갔다.

"이제 아주 조용히 따라오셔야 합니다. 어터슨 씨께 들려 드리고 싶은 소리가 있는데, 저쪽에서 우리 소리가 들리면 안 되니까요. 그리고 혹시 안으로 들어오라는 목소리가 들려도 절대 그러시면 안 됩니다."

어터슨은 예상치 못한 전개에 당황해서 순간 몸이 휘청거렸지만 이내 마음을 진정시키고 서둘러 풀을 따라갔다. 상자와 유리병으로 어지러운 연구실을 지나 드디어 층계 앞에 도착했다. 풀이 어터슨에게 한쪽으로 물러서서 들어 보라는 몸짓을 했다. 그리고 촛불을 내려놓고 큰 다짐이라도 하듯 마음을 가다듬고 층계를 올라 머뭇거리며 문을 두드렸다.

"박사님, 어터슨 씨께서 찾아오셨습니다."

풀은 문에 대고 지킬에게 말하면서도 어터슨에게 빨리 들어 보라며 아까보다 크게 몸짓을 했다. 안에서 신경질적인 목소리가 들렸다.

"지금은 만나지 못하겠다고 전해 주게."

"알겠습니다, 박사님."

대답을 미리 알고 있었다는 듯 풀이 태연하게 대답했다. 그리고 다시 조용히 촛불을 들고 어터슨과 함께 마당을 지나 부엌으로 돌아왔다. 난로는 이미 싸늘하게 식었고 바닥엔 딱정벌레가 뛰어다녔다. 풀이 어터슨을 똑바로 쳐다봤다.

"주인님 목소리를 들으셨습니까?"

"목소리가 많이 바뀐 것 같더군."

어터슨은 창백한 얼굴로 풀을 마주 봤다. 풀 역시 얼굴이 새하얗게 질려 있었다.

"바뀌었다고요? 네, 맞아요. 달라졌습니다. 제가 여기서 일한 지가 20년인데 주인님 목소리를 모르겠습니까? 그게 아니라 주인님께선 돌아가신 겁니다. 여드레 전에 하느님을 찾으며 울부짖는 소리를 들었는데 그게 마지막이었으니까요. 대체 저 안에 있는 사람은 누구일까요? 왜 저기에 있을까요? 어터슨 씨, 정말 알다가도 모르겠습니다!"

"풀, 이상한 이야기로군. 말도 안 되는 소리야."

어터슨은 자기도 모르게 손가락을 깨물며 말했다.

"자네 생각대로 지킬이 살해됐다 해도 살인범이 서재에 남아 있을 이유가 뭔가? 가당치 않지. 이성적으로 설명이 되지 않아."

"변호사님은 정말 설득하기 어려운 분이시군요. 하지만 제가 증명해 보여 드리겠습니다. 저 안에 있는 남자가 누군지는 모르지만 지난주 내내 밤이고 낮이고 무슨 약이 필요하다며 소리를 질렀습니다. 평소에도 주인님께서는 가끔 종이에 지시를 적어 층계에 던져두셨습니다. 그렇지만 이번 주에는 쪽지 외에는 주인님 흔적이 전혀 없습니다. 문은 굳게 닫혀 있고, 식사는 아무도 보는 사람이 없을 때 몰래 들여 갔습니다. 그렇게 매일, 아니 하루에 두세 번씩 지시와 불만 이 적힌 쪽지를 받았습니다. 그때마다 저는 부리나케 마을 로 뛰어가 약품 도매상이란 도매상은 모두 뒤져야 했습니다. 하지만 물건을 사 오면 또 다른 쪽지를 받았습니다. 제가 사 온 물건은 순도가 떨어지니 반품하라거나 다른 가게를 다녀 오라면서요. 뭐에 쓰이는지는 모르지만 정말 중요한 약인가 봅니다."

"쪽지를 보여 주겠나?"

풀은 잠시 주머니를 뒤적이다가 꾸깃꾸깃해진 종이를 꺼 냈다. 종이를 받은 어터슨은 몸을 숙여 촛불에 비춰 가며 세심하게 살폈다.

. . . .

모우 씨 상점의 노고에 늘 감사를 드립니다. 최근 지킬 박 사가 구매한 견본의 순도가 떨어져서 사용할 수가 없습 니다. 지난 18××년에 귀사로부터 상당한 양을 구매했으 니 동일한 품질로 재고가 있는지 조사하셔서 남아 있는 것이 있다면 즉시 보내 주십시오. 가격은 얼마든 상관없 습니다. 이 원료가 지킬 박사에게 얼마나 중요한지 이해 해 주시기 바랍니다.

여기까지는 상당히 공손한 문체였다. 하지만 그다음 부분에서 갑자기 글씨가 엉망이 된 걸 보니 감정이 격해져서 이성을 잃은 듯했다.

제발 예전에 샀던 걸로 보내란 말이오!

"정말 괴상한 편지로군. 자넨 이걸 어떻게 읽게 됐지?"

어터슨이 잠시 중얼거리고는 문득 풀에게 물었다.

"모우 상점 직원이 편지를 읽다가 화가 났는지 더러운 쓰레기 버리듯 제게 던졌습니다."

"아무리 봐도 지킬의 글씨야. 안 그런가?"

어터슨이 다시 물었다.

"처음엔 저도 그렇게 생각했습니다."

뭐가 불만인지 퉁명스럽게 대답하던 풀은 불현듯 무슨 생각이 났는지 목소리가 한결 밝아졌다.

"글씨가 뭐가 중요하겠습니까? 제가 그자를 봤습니다!"

"봤다고? 그래, 어땠나?"

"그러니까, 그날 마당에서 연구실로 들어갔을 때였습니다. 서재 문은 열려 있고 웬 남자가 연구실 반대편 구석에 있는 상자를 뒤지고 있었습니다. 아마 약이나 다른 뭔가를 찾으러 몰래 나왔나 봅니다. 제가 불쑥 들어가자 남자가 저를 올려다보고는 비명을 질렀습니다. 그리고 재빨리 서재로 사라졌습니다. 아주 잠깐 봤지만 고슴도치처럼 털이 쫙 곤두서더군요. 그 사람이 주인님이라면 대체 왜 얼굴에 가면을 썼겠습니까? 왜 저를 보고 쥐새끼처럼 비명을 지르며 도망쳤겠습니까? 제가 주인님을 모신 지도 오랜 세월이 흘렀습니다. 그리고⋯⋯."

풀은 끝내 말을 잇지 못하고 손으로 얼굴을 감쌌다.

"특수한 상황이기는 하지만 어떻게 된 일인지 알 것도 같군. 풀, 자네 주인은 병에 걸린 거야. 고통스럽고 모습까지 변하는 전염병 말이네. 병 때문에 목소리와 얼굴이 변해서 친구도 만나려 들지 않았겠지. 그래서 얼굴까지 가려 가며 치료제를 찾으려고 그렇게 열심이었을 거야. 불쌍한 지킬은 그렇게라도 나을 수 있다는 희망의 끈을 놓지 못했을 테니. 오, 신께서 지킬의 바람을 저버리지 마시기를! 이게 내 추리라네. 풀, 생각만 해도 끔찍하고 괴롭지만 가장 단순하고 자연스러운 설명이지 않은가. 앞뒤도 맞고 우리 고민거리도 해결해 주고 말이네."

창백했던 풀의 얼굴은 점점 붉으락푸르락했다.

"어터슨 씨, 주인님은 제가 잘 압니다. 저자는 주인님이 아닙니다. 지킬 박사님은⋯⋯."

풀이 주위를 한번 둘러본 뒤 목소리를 낮추고 말을 이어갔다.

"박사님은 키가 크고 몸집이 좋은 분이셨죠. 저자는 난쟁이라고 하는 편이 어울렸습니다."

어터슨은 풀의 이야기를 믿기 어려웠다. 뭐라고 반박을 하려는데 풀이 언성을 높였다.

"어터슨 씨! 20년이나 모셨던 분을 제가 착각할 것 같습니까? 매일 아침마다 마주했던 분이 서재 문 앞에 서면 얼굴이 어느 높이에 오는지도 모르겠습니까? 아녜요, 마스크를 쓴 사람은 박사님이 아닙니다. 그게 어떤 놈인지는 신만이 아시겠지만, 박사님은 절대 아닙니다. 살해당하신 게 분명합니다!"

"자네가 그렇게까지 말한다면 확실히 해 두는 일은 내 몫이겠지. 자네 주인을 화나게 하고 싶지 않고 편지를 봐서는 지킬이 살아 있다는 생각이 들긴 하지만, 아무래도 저 문을 부수고라도 들어가는 것이 내가 해야 할 일이라는 생각이 드네."

그제야 풀은 안심이 되는지 큰 소리로 외쳤다.

"어터슨 씨, 제가 드리고 싶은 말씀이 그겁니다!"

"그럼 이제 다음 문제로 넘어가지. 자, 누가 할 텐가?"

"그야 어터슨 씨와 제가 함께 해야죠."

풀의 목소리는 의연했다.

"그래, 그렇겠지. 결과가 어떻든 자네가 곤란하지 않게 내가 책임지겠네."

"연구실에 도끼가 있습니다. 변호사님은 부엌에서 쓰는 꼬챙이라도 가지고 계시는 게 좋겠습니다."

어터슨은 투박하지만 꽤 묵직한 꼬챙이를 집어 들고서 이리저리 균형을 잡아 봤다. 그러고는 고개를 들고 풀에게 물었다.

"풀, 우리가 지금 상당히 위험한 일을 하려는 중이라는 걸 자네도 잘 알고 있겠지?"

"물론이죠, 변호사님."

풀은 짧게 대답했다.

"좋아. 그렇다면 우리 솔직해지자고. 아직 얘기하지 않은 게 있지, 안 그런가? 그러니 이 자리에서 다 털어놓게나. 가면을 썼다는 사람, 그게 누군지 알아보겠던가?"

"워낙 잠깐 봤고 가면까지 써서 장담은 못 하겠지만……, 하이드 씨를 말씀하시는 겁니까? 실은 저도 그분이 떠올랐습니다! 덩치도 작고 날렵했거든요. 게다가 누가 연구실을 마음대로 드나들겠습니까? 변호사님, 기억하십니까? 살인 사건이 있던 시기에도 하이드 씨는 이곳 열쇠를 가지고 있었습니다. 그게 다가 아닙니다. 혹시 하이드 씨를 만나 보셨는지요?"

"그렇네. 잠시 이야기를 나눈 적이 있었어."

"그렇다면 하이드 씨가 이상하다는 걸 잘 아시겠군요. 정확히 어떻게 표현해야 할지 모르겠지만, 어딘지 사람을 놀라게 하는 인상이랄까, 보고 있으면 소름이 끼치는 기분 말입니다."

"나도 비슷한 감정을 느꼈다네."

어터슨은 풀의 설명을 이해할 수 있었다.

"정말 그렇습니다, 변호사님. 가면을 쓴 남자가 원숭이처럼 화학약품 사이를 이리저리 뛰며 서재로 황급히 도망치는 모습을 보자 등골이 서늘해졌습니다. 맙소사, 그걸 증거라고 하기 부족하다는 것쯤은 저도 알고 있습니다, 변호사님. 하지만 누구나 심증이라는 게 있는 법이죠. 장담하는데, 놈은 하이드 씨가 확실합니다!"

"그래, 그래. 나도 같은 걱정을 하고 있었네. 아무래도 자네 말대로 불쌍한 지킬이 살해되었을지 모른다는 생각이 들어. 그 목적이야 누가 알겠나. 하지만 살인범이 아직 서재에 있는 것 같군. 자, 우리가 지킬을 대신해 복수해 주자고! 브래드쇼를 부르게."

곧 하인 하나가 달려왔다. 불안함으로 얼굴이 새하얗게 질려 있었다.

"브래드쇼, 정신 바짝 차리게. 자네들 모두 이 일로 무척 불안하겠지만, 지금 여기서 모두 끝내야 한다네. 풀과 나는 서재 문을 부수고 들어갈 생각이야. 만약에 아무 일도 없는 거라면 모든 책임은 내가 질 테니 자네들은 걱정 말게. 하지만 혹시 일이 잘못되거나 악당이 뒷문으로 달아날지도 모르니, 자네는 심부름꾼 아이와 함께 몽둥이를 들고 연구실 건물 입구를 지키도록 하게. 10분 줄 테니 서둘러 준비하게. 어서."

브래드쇼가 떠나자 어터슨이 시계를 쳐다봤다.

"자, 우리도 준비해야지."

어터슨은 꼬챙이를 겨드랑이에 끼고 마당으로 앞장섰다. 바람에 날리던 구름이 마침 달을 가려 바깥은 상당히 어두웠다. 구름을 밀어내면서 건물 사이를 휘몰아치는 강풍에 걸을 때마다 촛불이 꺼질 듯 흔들렸다. 두 사람은 연구실 안으로 들어와 조용히 앉아서 시간이 되기를 기다렸다. 바람 소리가 온 런던을 휘감았지만 저택에는 서재를 이리저리 서성이는 발소리만이 정적을 깰 뿐이었다. 그 소리를 들은 풀이 나지막이 속삭였다.

"밤이고 낮이고 온종일 저렇게 걷기만 하다가 약품 도매상에서 원료가 도착했을 때만 잠시 발소리가 멈춥니다. 분명 양심의 가책으로 가만히 있을 수가 없었을 테죠! 변호사님, 저 걸음마다 억울하게 흘린 피가 묻어 있을 겁니다! 자,

들어 보세요! 발소리가 조금 가까워졌죠. 자세히 듣고 말씀 해 보십시오. 저게 박사님이 걷는 소리로 들리십니까?"

확실히 어딘가 이상했다. 발소리는 평소보다 가볍고 특징 이 있었다. 안에서 전해지는 느린 걸음걸이는 지킬의 묵직한 걸음과는 확연히 달랐다. 어터슨은 한숨을 내쉬며 물었다.

"그 외에는 또 없나?"

풀이 비장하게 고개를 끄덕였다.

"우는 소리를 들었습니다."

"우는 소리라고?"

어터슨은 다시 두려움이 밀려왔다.

"지옥에 떨어진 사람처럼 울더군요. 여자처럼 흐느끼면서 요. 그 소리를 듣고 있자니 저도 울고 싶어져서 바로 자리를 떠났습니다."

아까 정한 10분이 지났다. 풀은 포장재가 수북이 쌓인 사 이에서 도끼를 찾아냈다. 공격에 대비해 근처 책상에 촛불 도 내려놨다. 두 사람은 숨을 죽이고 천천히 문 쪽으로 다가 갔다. 안에서는 여전히 발소리가 밤의 정적을 깨며 들려왔 다. 어터슨이 큰 소리로 외쳤다.

"지킬! 자네를 꼭 만나야겠네!"

잠시 기다렸지만 아무런 대답도 들리지 않았다.

"자네에게 경고를 할 만큼 했다고 생각하네. 하지만 의심은 여전히 사라지지 않는군. 난 꼭 자넬 봐야겠어. 문을 열지 않겠다면 억지로라도 열 생각이야. 자네가 동의하지 않는다면 무력이라도 쓰겠단 말이네!"

그때 안에서 목소리가 들려왔다.

"어터슨, 맙소사. 제발 날 좀 내버려 두게!"

"세상에, 지킬의 목소리가 아니잖아. 저자는 하이드야! 풀, 문을 부수게!"

어터슨이 서둘러 외치자 풀이 도끼를 높이 들어 힘껏 휘둘렀고 그 충격에 건물이 온통 뒤흔들리는 것 같았다. 붉은 천으로 감싼 문은 잠금장치와 경첩에 걸려 몸을 비틀어 댔다. 짐승의 울부짖음 같은 소름 끼치는 비명 소리가 안에서 들렸다. 도끼가 다시 올라가고, 문짝이 찍히고, 문틀이 덜컹거렸다. 그렇게 네 차례의 도끼질이 이어졌지만, 단단한 나무로 문틀에 딱 맞춰 만들어진 문짝은 꿈쩍도 하지 않았다. 다섯 번째로 내리치자 그제야 잠금장치가 떨어져 나갔다. 문은 실내로 넘어가며 카펫 위로 쿵 하고 쓰러졌다.

자신들의 폭력성과 곧 이어진 적막함에 당황한 두 사람은 잠시 가만히 서서 안을 훔쳐봤다. 등불이 조용히 방을 밝힌 방 안에는 난로에서 불이 탁탁거리며 타올랐다. 난로 위에 올린 주전자에서는 물이 끓어오르며 휘파람 같은 작은 소리를 냈다. 서랍 한두 칸이 열려 있고 책상 위에는 서류들이 가지런히 올려져 있었다. 난로 근처에는 차를 마실 수 있게 찻잔 등이 놓여 있었다. 책장에 가득한 화학약품만 아니었다면 세상에서 가장 안락하고 런던의 밤에 딱 어울리는 방처럼 보였다.

그 한가운데에 한 남자가 쓰러져 있었다. 남자는 아직도 몹시 괴로워하며 몸을 비틀었다. 두 사람이 조심스럽게 다가가 몸을 뒤집자 에드워드 하이드의 얼굴이 드러났다. 입고 있는 옷은 체격에 비해 심하게 커서 오히려 지킬 박사에게 잘 맞아 보였다. 얼굴은 조금씩 실룩거렸지만 하이드의 목숨은 이미 끊어진 후였다. 손에 꽉 쥔 깨진 유리병과 방 안을 가득 채운 독한 아몬드 냄새[9]에 어터슨은 하이드가 여기서 자살했음을 직감했다.

"우리가 너무 늦었군. 구해 줄 수도 벌을 줄 수도 없게 되었어. 하이드는 죽었으니 이제 자네 주인의 시신을 찾는 일만 남았군."

건물 대부분은 연구실과 서재로 이루어져 있었다. 천장으로 햇살이 들어오는 연구실은 1층을 거의 전부 차지했고, 뜰을 내려다보는 2층 서재는 건물 한쪽에 위치했다. 연구실에서 뒷골목으로 나가는 문까지 이어진 복도에 서재로 올라가는 계단이 있었다. 그 외에 어두운 벽장 몇 개와 넓은 지

---

9   청산가리의 냄새가 아몬드 냄새와 비슷하다.─옮긴이

하실이 있었다. 두 사람은 건물을 샅샅이 뒤졌다. 벽장은 모두 비어서 잠깐 열어 확인하는 것으로 충분했다. 오랫동안 열지도 않았는지 벽장문을 열자 먼지가 떨어져 내렸다. 지하실은 잡동사니가 어지럽게 널려 있었다. 대부분 지킬이 이사 오기 전에 살았던 외과 의사의 물건처럼 보였다. 하지만 지하실 역시 둘러볼 필요도 없었다. 지난 몇 년 동안 쌓였는지 모를 거미줄이 입구를 완전히 가로막고 있다가 문을 열자 우르르 쏟아져 내린 것이다. 생사를 알 수 없는 지킬의 흔적은 어디에도 보이지 않았다.

풀은 발을 구르며 복도 바닥이 삐걱거리는지 소리를 들어 봤다.

"여기 어딘가에 묻혔을 겁니다."

"어쩌면 도망쳤는지도 모르지."

어터슨은 이렇게 말하고 골목으로 나가는 문을 열어 봤다. 문은 잠겨 있었다. 근처 바닥에서 찾은 열쇠는 녹이 슬어 있었다. 어터슨은 열쇠를 살폈다.

"아무래도 사용하지 않는 열쇠 같군."

"사용하다니요! 부러진 게 안 보이십니까? 누가 짓밟은 것처럼 보이는군요!"

"그래, 그러고 보니 부러진 부분도 녹이 슬어 있어."

말없이 서로를 마주 보는 두 사람의 눈에는 두려움이 가득했다.

"풀, 이건 내가 감당할 수 있는 일이 아닌 것 같네. 우선 서재로 돌아가세."

두 사람은 다시 아무 말 없이 층계를 올라갔다. 방을 샅샅이 뒤지는 동안에도 이따금씩 믿기지 않는다는 듯 바닥에 쓰러진 시체를 흘끔흘끔 쳐다봤다. 한 책상에는 실험을 한 흔적인지 실험용 유리 접시에 흰색 소금 같은 물질이 소분돼서 따로 담겨 있었다.

"늘 제가 구해 오던 약품입니다."

그때 주전자에서 물 끓는 소리가 요란하게 들려왔다. 두 사람은 소리에 이끌리듯 난롯가로 걸어갔다. 안락의자 옆에는 차를 마실 준비가 완벽하게 되어 있었고, 컵 안에는 설탕도 벌써 넣어 둔 채였다. 책들은 주로 책장에 꽂혀 있었지만 유독 한 권만 찻잔 옆에 열린 채 놓여 있었다. 그 책을 들여다본 어터슨은 적잖이 놀랐다. 지킬이 여러 차례 극찬하던 신학 서적이었는데 지킬의 필체로 곳곳에 불경한 메모가 적혀 있었기 때문이다.

계속 방을 살피던 두 사람은 전신 거울 앞에 이르렀다. 깊이를 알 수 없는 거울 속에는 천장을 붉게 물들이며 춤추는 불빛과 책장 유리에 반사되어 눈부시게 빛나는 난롯불, 그리고 마지못해 몸을 숙이고 거울을 들여다보는 두 사람의 창백하고 공포에 질린 얼굴만이 있을 따름이었다.

"이 거울엔 기이한 일들이 많이 비쳤겠죠, 변호사님."

풀이 이렇게 속삭이자 어터슨도 따라서 목소리를 낮추고 대꾸했다.

"이 거울이 여기 놓여 있는 것만큼 이상한 게 또 있겠나? 대체 지킬은 왜……!"

자신도 모르게 커진 스스로의 목소리에 놀란 어터슨은 잠시 머뭇거리다가 다시 용기를 내어 말했다.

"지킬은 대체 이 거울로 뭘 하려고 했을까?"

"그러게 말입니다!"

이번엔 책상을 살필 차례였다. 책상에는 서류 더미가 쌓여 있었고 그 위에 커다란 봉투가 하나 놓여 있었다. 봉투에는 지킬의 필체로 어터슨의 이름이 적혀 있었다. 어터슨이 봉인을 뜯자 그 안에서 다시 봉투 여러 개가 나오며 바닥에 떨어졌다. 첫 번째 봉투는 유언장이었다. 자신이 죽거나 실종될 경우에 관한 이상한 조건 때문에 6개월 전에 지킬에게 돌려보낸 유언장처럼 이 새로운 유언장도 이상한 조건으로 가득했다. 지킬이 사망했을 경우 유언장의 효력을, 실종되었을 경우 양도증서의 효력을 지닌 서류였다. 하지만 놀랍게도 거기엔 하이드가 아닌 가브리엘 존 어터슨 변호사라고 적혀 있었다. 어터슨은 풀을 바라봤다. 그리고 아무런 말 없이 다시 유언장을, 그리고 마지막으로 바닥에 쓰러진 시신을 차례로 쳐다봤다.

"머리가 돌 지경이군. 하이드가 이 서류를 가지고 있었다니. 날 좋아할 리도 없는 데다 유언장에서 자기 이름까지 빠진 걸 알았다면 펄쩍 뛰었을 텐데. 그런데도 왜 이걸 없애지 않았을까?"

어터슨은 다음 봉투를 열었다. 역시 지킬이 직접 쓴 짧은 메모로, 제일 위쪽에 날짜가 적혀 있었다.

"이런, 풀!"

흥분한 어터슨이 이렇게 외친 뒤 말했다.

"지킬은 오늘까지도 살아 있었군! 시체가 되어 어디에 숨겨지기엔 너무 짧은 시간이니 아직 살아 있을걸세. 도망간 게 분명해! 아니, 왜 도망쳤을까? 그리고 어떻게? 지킬이 살아 있다면 하이드의 죽음은 과연 자살이 맞을까? 이런, 아주 신중해야겠어. 어쩌면 우리 때문에 자네 주인이 지독한 꼴을 당하게 될지도 모르겠군."

그때 풀이 물었다.

"왜 편지를 읽지 않으십니까?"

"두렵기 때문일세. 제발 두려워할 이유가 없으면 좋겠군!"

어터슨은 심각한 표정으로 대답했다. 그리고 천천히 종이를 얼굴에 가까이 들고 읽어 내려갔다.

••••

친애하는 어터슨

이 편지가 자네 손에 들어갔을 때쯤엔 이미 나는 사라지
고 없겠지. 끝이 어떤 식으로 찾아올지 미리 알 수 있는
능력은 없지만, 아무에게도 말하지 못한 내 상황에 비추
어 보면 끝이 얼마 남지 않았음을 본능적으로 알 수 있
다네. 래니언은 자네에게 편지를 보내겠다고 경고했었네.
가서 그 편지를 먼저 읽어 주게. 그런 뒤에도 궁금하다면
그때 내 고백을 읽어 주게.

불행하고 형편없는 자네의 친구,
헨리 지킬

••••

"봉투가 또 있었나?"

"여기 있습니다."

풀이 여러 군데가 봉인된 두툼한 봉투를 내밀었다.

어터슨은 봉투를 받아 주머니에 넣으며 말했다.

"이 편지에 대해서는 아무에게도 말하지 않을 생각이야.
자네 주인이 어딘가로 몸을 피했거나 설령 죽었다고 해도,
지킬의 명예는 지켜야 하지 않겠나. 벌써 10시로군. 난 집으
로 돌아가 조용한 곳에서 편지들을 읽어 보겠네. 하지만 자
정이 되기 전엔 돌아올 테니, 경찰은 그때 부르도록 하지."

두 사람은 건물을 나가 문을 잠갔다. 응접실에 모여 있던

하인들을 다시 뒤로하고 어터슨은 집으로 돌아와 서재에 틀어박혔다. 그리고 지금까지의 비밀을 풀어 줄 두 통의 편지를 꺼내 읽기 시작했다.

9
래니언 박사의 편지

 나흘 전인 1월 9일 저녁, 야간 배달로 등기우편물이 한 통 도착했네. 동료이자 학창 시절부터 친구였던 헨리 지킬이 직접 써서 보낸 편지더군. 편지를 받고 무척 놀랐네. 그도 그럴 것이, 서로 편지를 주고받던 사이도 아니거니와 바로 전날 함께 저녁 식사를 했으니 말이야. 할 말이 있다 해도 굳이 격식을 갖춰 등기우편으로 보낼 만한 일이 있었는지 전혀 떠오르지 않더군. 편지의 내용은 더욱 이해가 되지 않았네. 그 내용은 이랬다네.

· · · ·

18XX년 12월 10일[10]

친애하는 래니언, 자네는 내 가장 오랜 친구일세. 과학자로서 의견 차이는 있었지만, 적어도 자네와의 우정이 깨졌다고 생각한 적은 단 한 번도 없었지. 만약 자네가 '지킬, 내 목숨과 명예, 이성이 자네에게 달렸어'라며 무언가를 부탁하는 날이 온다면, 내 왼손을 잃게 되더라도 당

---

10   래니언은 지킬의 편지를 받은 것이 1월 9일이라고 했지만, 이 대목의 원문은 날짜가 12월 10일로 되어 있다. 이는 작가의 실수라고 알려져 있다.-옮긴이

장 도왔을 걸세. 래니언. 지금 내 목숨과 명예, 그리고 이성이 자네 손에 달려 있네. 오늘 자네가 날 외면하면 나에겐 희망이 없다는 말이네. 서론이 길어졌군. 어쩌면 부당한 일에 자네를 끌어들인다고 걱정할지 모르지만 그건 자네 판단에 맡기겠네.

오늘 밤 다른 약속은 모두 취소해 주게. 국왕을 진찰하라는 명을 받았다 해도 말이야. 그리고 지금 자네 마차가 문 앞에 대기하는 게 아니라면 지나가는 영업용 마차라도 서둘러 잡아타고 이 편지를 들고 당장 우리 집으로 와 주게. 집사인 풀에게 지시를 내려 두었으니 열쇠공과 함께 자네를 기다리고 있을 걸세. 열쇠공을 시켜 서재 문을 열도록 하게. 서재 안에는 자네 혼자 들어가야 하네. 안으로 들어가면 왼쪽에 'E'라고 쓰인 유리 장을 열게. 잠겨 있다면 깨서라도 열어야 하네. 그리고 위에서 네 번째, 아니면 같은 말이지만 밑에서 세 번째 서랍을 꺼내 있는 그대로 가져오게. 지금은 너무도 혼란스러워 혹여 설명을 잘못하는 건 아닌지 두렵군. 하지만 내가 잘못 알려준다 해도 자네라면 내용물을 보고 맞는 서랍을 찾을 수 있으리라 믿네. 분말과 작은 유리병 하나, 수첩 한 권이 들어 있는 서랍이야. 그런 다음 서랍을 통째로 들고 캐번디시 스퀘어에 있는 자네 집으로 돌아가면 된다네.

여기까지가 첫 번째 부탁이네. 그리고 이제부터가 두 번째 부탁일세. 편지를 받자마자 바로 출발했다면 자정이 되기 훨씬 전에 집으로 돌아올 수 있을 거라네. 하지만 두 번째 부탁은 자정까지 기다려 주게. 이렇게 시간적 여유를 두는 이유는 도중에 예상하지 못한 문제가 발생할 수도 있거니와 자네 하인들이 모두 잠들 때까지 기다리고 싶기도 해서네. 자정이 되면 진찰실에 혼자 남아 주게. 12시에 한 남자가 내 이름을 대고 찾아올 거야. 그러면 하인을 시키지 말고 자네가 직접 안으로 들이고 서재에서 가져온 서랍을 전달해 주길 바라네. 여기까지만 해 준다면 그보다 고마운 일은 없을 거야. 자네는 이 모든 게 대체 어찌된 일인지 꼭 알고 싶겠지만, 자네가 나한테 단지 5분만 설명을 들어도 이 일이 얼마나 중요한지 바로 이해할 수 있을 거라는 것만 알아주게. 이상하게 들리는 부탁이겠지만 여기서 하나만 어긋나도 훗날 자네는 내 죽음과 파멸을 막지 못했다는 죄책감에 괴로워하게 될지도 모르네.

자네가 내 부탁을 하찮게 여기지 않으리라 자신하면서도 혹시나 하는 생각만으로 심장이 덜컥 내려앉고 손이 부들부들 떨리는군. 한밤중에 낯선 장소에 숨어서 절망으로 고통 받을 나를 생각해 주게. 만약 자네가 나의 부탁을 정확히 따라 준다면 다 지나간 일처럼 내 고통도 모두 끝나겠지. 래니언, 내 부탁을 외면하지 말게. 제발 날 구해 주게.

자네의 친구, H. J.

추신: 이 편지를 다 쓰고 나니 새로운 걱정이 밀려오는군.
어쩌면 우체국 실수로 편지가 내일 아침에나 자네에게 도
착할지도 모르겠네. 만약 그렇게 되면 자네 편리한 시간
아무 때나 우리 집에 가도 상관없네. 그리고, 내 심부름
꾼이 자정에 찾아갈 때까지 다시 한 번 기다려 주게. 어
쩌면 너무 늦었을지도 모르지만. 만약 밤새 아무도 나타
나지 않으면 다시는 헨리 지킬을 만날 수 없게 되었다고
생각해 주게.

· · · ·

편지를 읽으니 미쳤다는 생각밖에 들지 않더군. 하지만
친구의 부탁을 거절할 수 없었네. 이 일이 정말 중요한지 알
려면 대체 무슨 일이 일어났는지 알아야 했으니까. 그리고
한 글자 한 글자 애절한 부탁에 책임감마저 느껴져 감히 외
면하지 못하겠더군. 나는 이륜마차에 올라 곧장 지킬의 집
으로 향했네. 벌써 집사가 기다리고 있더군. 풀도 나처럼 등
기우편으로 지시를 받고 곧장 열쇠공과 목수까지 데리러 사
람을 보내 둔 상태였어. 풀과 이야기하는 사이 그들이 도착
해서 우리 네 사람은 함께 저택의 옛 주인인 덴먼 박사의 외
과 강의실로 들어갔네. 자네도 알겠지만 서재로 가기엔 그쪽

을 통해서 가는 편이 가장 편리하거든. 문과 자물쇠는 꽤 튼튼했어. 목수는 억지로 열면 문이 많이 망가지겠다며 주저하더군. 열쇠공도 거의 포기하려고 했지만, 그 친구는 생각보다 유능했네. 두 시간쯤 지나고 드디어 문이 열렸어. E라고 쓰인 문은 잠겨 있지 않았네. 나는 지킬이 말한 서랍을 꺼내 지푸라기로 채우고 천으로 단단히 감은 뒤 집으로 가지고 왔네.

집에 돌아와 서랍 속 내용물을 살펴보았지. 약 봉투가 보여 하나를 꺼내 열어 보니 평범한 소금 결정처럼 보이는 흰 가루가 있었네. 곱게 갈렸지만 전문적인 솜씨는 아닌 걸 보면 지킬이 직접 준비해 둔 것 같았네. 작은 유리병에는 피처럼 붉은 액체가 반쯤 담겨 있었어. 꽤나 톡 쏘는 냄새로 봐서는 인과 휘발성 에테르가 함유된 듯했지만 그 외에 뭐가 섞였는지 누가 알겠나. 평범해 보이는 수첩에는 날짜가 쭉 적힌 것 말고는 별 내용은 없었네. 기록은 몇 년에 걸쳐 이어지다가 거의 1년 전 갑자기 끊어졌더군. 날짜 옆에는 짧은 메모를 적어 두었는데 수백 개나 되는 기록 중에 '두 배'라는 단어만 여섯 번 정도 나왔고 목록이 처음 시작되던 시기에는 "완전히 실패야!!!"라는 식으로 느낌표까지 붙어 있었네. 꽤 흥미로웠지만 그렇다고 어떤 내용인지 확실하지는 않았지. 소금으로 보이는 가루와 작은 유리병, 그리고 제대로 된 결과를 내지 못한 실험 기록으로 지킬의 명예와 목숨을 어떻게 구한다는 말인가? 심부름꾼을 여기로 보낼 수 있다면 지킬의 집으로 직접 보내지 못할 이유는 또 뭐란 말인가? 거기에 모두 그럴듯한 이유가 있다고 하더라도 지킬이 보낸 심부름꾼과 남의 눈을 피해 만나야 할 이유는 전혀 감이 오지 않더군. 생각할수록 정신병자를 상대한다는 의심이 커졌다네. 나는 하인들에게 그만 쉬라고 지시한 뒤에 만약의 경우를 대비해서 오랫동안 보관하던 권총을 꺼내 총알을 넣어 두었네.

드디어 런던 시내에 밤 12시를 알리는 종소리가 울렸고, 곧 문을 두드리는 소리가 작게 들려왔어. 나는 직접 현관으로 나갔네. 키가 아주 작은 남자 하나가 현관 앞 기둥에 기대 고개를 웅크리고 서 있더군.

"지킬 박사가 보낸 사람이오?"

내가 이렇게 물었더니, 긴장했는지 "네"라고 한마디 대답하는데도 어딘가 부자연스럽더군. 안으로 들어오라는 말에도 남자는 어두운 거리를 뒤돌아보며 주위를 둘러보기만 했어. 마침 멀지 않은 곳에 경찰이 손전등을 들고 다가오고 있었지. 그걸 본 남자는 흠칫 놀라더니 서둘러 들어왔네.

솔직히 고백하자면 그런 행동이 마음에 걸렸네. 그자 뒤에서 환하게 불이 켜진 진찰실로 따라 들어가면서도 권총

을 손에서 놓을 수가 없더군. 그리고 드디어 남자를 자세히 보게 되었지. 확실히 처음 보는 사람이었네. 아까 말한 대로 남자는 키가 작았는데 그자의 얼굴을 보고 적잖이 놀랐네. 소름 끼치는 표정도 그렇지만 근육은 발달했는데 상당히 쇠약해 보이는 특이한 체격이 아니겠나. 더구나 그자 주위로 흐르는 불쾌한 기운까지 더해지니 얼굴만 처다봐도 몸살 초기 증상처럼 오한이 나고 맥박이 느려지는 것 같았네. 그때만 해도 그자의 문제가 아닌 내 취향 문제라고 생각했지. 그저 왜 그토록 싫을까 궁금한 정도였다고 할까. 하지만 지금 생각해 보면 평범한 증오가 아니라 좀 더 심오한 인간 내면에 그 원인이 있었던 것이었네. 본질적인 증오 그 이상의 무언가.

집 안에 처음 발을 들인 순간부터 불쾌한 호기심을 일으킨다고밖에 설명할 수 없는 그자는 입고 있던 옷조차도 평범하지 않았지. 고급 원단으로 만든 말끔한 옷은 아무리 봐도 어처구니없이 컸거든. 헐렁한 바지는 땅에 끌리지 않게 접어 올렸고, 외투 허리 부분은 엉덩이에 걸쳤고, 옷깃은 어깨 위로 아무렇게나 벌어져 있더군. 그런데 이상도 하지. 그런 웃긴 행색에도 웃음이 나지 않는 게 아닌가. 그보다는 근본적으로 비정상적이고 괴상하다는 느낌만 강하게 들었네. 낯설고 역겨운 무언가로 인해 지금까지 본 적 없는 괴리감만 더 두드러진 것 같은. 그래서인지 남자의 성격이나 본성뿐 아니라 출생이나 인생, 지위 같은 것들이 모두 궁금해지더군.

설명이 길어졌지만 실제로 그자를 살핀 건 겨우 몇 초밖에 되지 않았네. 이 의문의 남자가 흥분해서 다급하게 외치는 거 아닌가.

"가져오셨습니까? 여기에 있나요?"

마음이 급했는지 그자는 내 어깨를 붙들고 흔들기 시작했네.

나는 당황해서 남자를 밀어냈지. 잠깐이었지만 그의 손길에 피가 얼어붙는 것처럼 찌릿하더군.

"진정하시오. 아직 인사도 나누지 못했습니다. 우선 앉으시죠."

나는 환자를 상대할 때처럼 먼저 의자에 앉았네. 늦은 시간에 나타난 괴상한 남자에게 두려움을 느끼고 불안해서인지 태연한 척을 해 봐도 소용이 없더군.

남자는 의외로 정중했네.

"래니언 선생님, 죄송합니다. 제가 마음이 급해져 그만 실례를 저질렀습니다. 저는 선생님의 동료이신 헨리 지킬 박사님의 부탁으로 찾아왔습니다. 제가 듣기로는……."

여기까지 말하더니 그자가 손을 목으로 가져갔네. 예의를 갖춰 말하고 있었지만 경련이 일어나려는 것을 억지로 참는다는 걸 알겠더군.

"제가 듣기로는, 서랍을……."

호기심 때문이었는지 아니면 불쌍해서인지 모르겠지만 나는 그자가 말을 마치기도 전에 책상 뒤쪽 바닥에 내려놓은 서랍을 가리켰네. 서랍에는 여전히 천이 덮여 있었지.

"저기 있소."

그자는 벌떡 일어나 서랍으로 가다가 잠시 그대로 멈추더니 가슴에 손을 얹더군. 턱이 격렬하게 경련을 일으키며 이빨 부딪히는 소리가 들리는 게 아닌가. 그 얼굴이 어찌나 끔찍하던지 그자의 이성뿐 아니라 목숨마저 위험한 상태가 아닌지 걱정됐네.

"이봐요, 진정하시오."

내 말에 남자는 절망적이라는 듯 웃어 보이고는 서랍을 덮은 천을 걷어 내더군. 그리고 안의 내용물을 확인하더니 오열하듯 안도의 한숨을 내쉬었어. 그 모습이 너무 처절해서 난 꼼짝할 수 없었네. 잠시 후, 남자는 다소 진정됐는지 차분한 목소리로 묻더군.

"혹시 시험관을 빌릴 수 있을까요?"

겨우 일어나 시험관을 가져다주었더니 그자가 고마운지 다시 힘없이 웃어 보였네. 그리고 빨간 약물 몇 방울과 흰 가루를 섞더군. 혼합물은 붉게 물들었다가 결정이 녹으면서 밝아지더니 거품이 끓어오르며 조금씩 솟구치기 시작했어. 잠시 후 용솟음이 멈추고 짙은 보라색으로 변한 약물은 다시 천천히 투명한 녹색으로 변했지. 색이 변하는 과정을 유심히 관찰하던 남자는 잠시 조용히 웃다가 시험관을 테이블 위에 내려놓았네. 그리고 몸을 돌려 나를 유심히 살피더니 이렇게 묻더군.

"이제 마무리를 할 시간이 됐군. 선생, 이게 뭔지 궁금하지 않소? 알려 드릴까? 아니면 아무 말 말고 그냥 약을 가지고 당장 떠났으면 하오? 간절히 알고 싶지만 참고 있는 건 아니시겠지. 선생이 원하는 대로 해 드릴 테니 대답하기 전에 잘 생각해 보시오. 여기서 끝내겠다면 아무것도 달라지지 않고 부자가 되지도 못할 거요. 그저 고통으로 괴로워하는 사람을 도왔다는 만족감에 풍족해진 영혼으로 위안을 삼기밖에 더하겠소. 하지만 다른 선택을 한다면 새로운 지식에 눈을 뜨고 명성과 권력을 얻게 될 거요. 바로 지금 이 자리에서 말이오. 악마를 불신하던 선생의 신념도 완전히 뒤집어질 거요."

나는 애써 침착한 척 가장해야 했다네.

"수수께끼 같은 말씀을 하시는군요. 댁의 얘기를 그다지 신용하지 않는다는 것쯤은 잘 알고 있을 텐데요. 하지만 결

말을 보지 않고 끝내기엔 이 이상한 일에 너무 깊이 휘말린 것 같군요."

그러자 남자는 이렇게 대답했네.

"좋소. 선생은 의사가 되어 했던 선서를 잊지 않았을 거요. 지금 일어나려는 일은 우리의 직업윤리상 금기시되어 온 일이오. 선생은 지금까지 오랜 세월 편협한 관점에 사로잡혀 눈에 보이는 것 외에는 믿으려 들지 않았소. 기존 의학 외에는 모두 부정하고 선생보다 뛰어난 과학자를 조롱했소. 하지만, 자, 이걸 보시오!"

그러더니 시험관을 입에 대고 내용물을 단숨에 들이켰어. 그리고 갑자기 비명을 지르며 몸을 웅크리더니, 비틀거리며 책상에 매달리다시피 기대더군. 튀어나올 것 같은 눈은 허공을 응시했고 벌어진 입으로 숨을 헐떡거렸어. 그러다 내 눈앞에서 남자의 몸이 변하기 시작하는 거 아닌가. 몸이 부푼다고 해야 할까, 얼굴이 순식간에 검어지며 녹아내렸네. 순간 너무 놀라 벌떡 일어나 벽까지 뒷걸음쳤지. 완전히 겁에 질려서 그자가 공격할까 두려운 마음에 나도 모르게 팔까지 들어 올렸네.

"맙소사! 맙소사!"

내 입에서는 이 말밖에 나오지 않았네. 남자는 창백한 얼굴로 기절할 것처럼 부들부들 떨고 있었지. 죽음에서 깨어난 유령처럼 떨리는 손을 뻗은 남자는 다름 아닌 헨리 지킬이었다네!

그 뒤에 들은 이야기는 차마 여기에 적을 수가 없군. 하지만 내 눈으로 똑똑히 봤고, 내 귀로 똑똑히 들었다네. 그 일로 내 영혼까지 병에 걸리고 말았지. 그 장면이 눈앞에서 사라진 지금 나는 그 얘기를 믿을 수 있는지조차 스스로도 확신이 서질 않는다네. 내 삶은 송두리째 흔들려 버렸어. 잠을 이룰 수도 없고, 밤낮으로 죽음과도 같은 공포가 내 곁을 맴돈다네. 이제 살아갈 날이 얼마 남지 않았음을 느낄 수 있어. 아마 죽어 가면서도 내가 본 것을 믿지 못하겠지. 지킬이 참회의 눈물까지 흘려 가며 설명한 부도덕한 행위는 떠올리는 것만으로도 나를 공포로 밀어 넣는다네. 어터슨, 이것 하나만 알려 주지. 만약 내 말을 믿는다면 이것만 알아도 충분할 거야. 지킬의 고백에 따르면, 그날 밤 내 진찰실에 걸어들어온 괴물은 하이드라는 자였어. 커루 살해범으로 온 영국이 뒤쫓던 바로 그 범인 말이네.

헤이스티 래니언

10
헨리 지킬이 남긴 사건의 전말

18××년 유복한 가문에서 태어난 나는 흠잡을 데 없는 건강한 신체와 근면한 성격을 물려받아 현명하고 선한 사람으로 존경을 받았네. 내 앞에는 명예롭고 성공적인 미래가 펼쳐져 있었지. 하지만 내게도 단점이 있었으니 쾌락에 쉽게 빠진다는 거였네. 사람들에게 보통 쾌락이란 즐거운 행위이거늘 점잖은 얼굴로 어깨에 힘이나 주고 다니길 좋아하는 나로서는 명예와 쾌락 양쪽을 붙잡기란 쉽지 않았지. 나는 내 욕구를 철저히 숨겼네. 하지만 어느덧 나이가 들어 내 업적과 사회적 지위를 돌아보니 난 이미 헤어 나올 수 없는 이중적인 삶에 깊이 빠진 상태였네. 그러한 삶을 사는 사람이 세상에 나 혼자는 아니겠지만, 나는 스스로 세운 높은 이상에 갇혀 병적인 수치심으로 욕구를 숨겨 왔지. 인간의 두 가지 본성인 선과 악을 가르는 골이 남보다 훨씬 깊었음에도 지금처럼 성공할 수 있었던 이유는 수치스럽고 타락한 나보다는 열망이 있고 남보다 노력했던 내가 있어서였다네. 종교적 뿌리가 깊고 인간이 겪는 갈등의 가장 큰 원인이기도 한

엄격한 사회규범을 거역하지 못하고 철저하게 따를 수밖에 없었다는 말일세. 비록 뼛속까지 이중적 삶을 살았지만 그렇다고 위선자는 아니었네. 양쪽의 나는 모두 완전히 정직했으니까. 자제심을 내던지고 부끄러운 짓을 할 때나, 사람들 틈에서 애써 슬픔과 고통을 지우며 지식을 쌓던 때나 어느 한쪽만이 진정한 나라고 잘라 말할 수 없었다는 얘기야. 내 연구 방향은 신비하고 초자연적으로 변해 갔네. 그리고 그 연구만이 내 안에 존재하는 상반된 두 자아 사이에 벌어지던 끝없는 전쟁에 한 줄기 빛이 되어 주었네. 시간이 흐르면서 나는 지적으로나 도덕적으로 점점 진실에 가까워질 수 있었지. 결국 나를 파멸로 이끌 그 진실이란, 인간은 본질적으로 하나가 아니라 둘이라는 사실이네. 내가 둘이라고 한정한 이유는 현재 내 지식으로 그 이상은 알지 못하기 때문이라네. 누군가 이 연구를 이어 갈 테고, 나보다 뛰어난 업적을 이룩하는 사람도 나오겠지. 그러면 언젠가는 인간이란 복잡한 존재이며 불균형적이고 개별적인 존재의 집합체라는 사실이 증명되리라 감히 말할 수도 있지 않겠나. 내 인생은 오직 한 방향을 향해서만 나아갔다네. 인간의 이중성을 발견한 것도 도덕적인 나였지. 하지만 두 가지 본성 중 어느 한쪽만이 진정한 나라고 인정하더라도, 그렇게 말할 수 있는 것 역시 그 둘 모두가 진정한 나이기 때문이라는 사실을 깨달았네. 의학적 발견을 본격적으로 시작하기 전부터 나는 기대에 차 있었지. 내 안에 존재하는 두 자아를 분리하게 될 기적이 가능하리라 믿으면서 기뻐도 했고. 두 개의 나를 두 개의 전혀 다른 자아에 가둘 수만 있다면 끔찍한 고통에서 벗어나게 되리라 나 자신을 설득했네. 사악한 나는 정직한 내가 느끼는 죄책감을 잊고 자유로이 살 테고, 정직한 나는 기꺼이 선행을 베풀며 정상을 향해 안정적으로 나아갈 수 있지 않겠나. 완전히 타인이 된 사악한 자아의 행동으로 발생할 죄책감과 불명예를 괴로워할 필요가 없으니까 말이야. 이렇게 어울리지 않는 두 괴물이 양심이라는 고통스러운 자궁 속에서 한 몸으로 붙어 지낸다는 건 인류의 저주라고 할 밖에. 극과 극을 달리는 이 쌍둥이는 끊임없이 싸워야 할 테니 말일세. 그렇다면 어떻게 이 둘을 분리할 수 있을까?

앞에서도 설명했지만 연구실 책상에 앉아 이 문제를 고민하는 동안 우연히 한 줄기 빛이 비추었네. 그리고 아무도 연구하려 하지 않았던 주제를 깊이 고민하기 시작했어. 그 결과, 우리가 옷처럼 걸치고 다니는 육체는 겉으로는 강인해 보이지만 그처럼 실체가 없고 안개처럼 일시적인 것도 없다는 사실을 깨달았네. 그리고 바람에 펄럭이는 커튼처럼, 육체라는 껍데기를 흔들어 벗겨 낼 힘을 가진 약물을 발견해 냈지. 하지만 두 가지 이유로 내 연구 결과를 구체적으로 설명하지 않을 생각이네. 첫 번째 이유는, 인간의 어깨에는 어쩔 수 없이 삶의 고뇌라는 짐이 지워져 있어서라네. 벗어 버리려 몸부림칠수록 그 짐은 결국 훨씬 심각하고 어려운 문제가 되어 우리에게 되돌아오고 말지. 두 번째 이유는, 편지에도 쓰겠지만 연구의 결과가 불안정해서라네. 그저 인간 정신을 형성하는 기운과 광채가 본연의 신체와 하나가 아니라는 사실을 깨달았을 뿐 아니라, 그 정신이 가장 강력한 순간에도 육체와 분리할 수 있는 약을 만들어 내기에 이르렀다는 정도만 말해 두면 충분하다고 생각하네. 더구나 약물을 통해 얻은 새로운 외모와 표정도 내게는 자연스럽게 느껴지는 게 아닌가. 그 안에 있는 영혼은 저급하기 짝이 없었지만 그 또한 내 영혼이었으니까.

이론상으로 가능했지만 실제로 실험을 시작하기까지 오래 망설였네. 어쩌면 목숨을 걸어야 하는 일이었으니까. 강력한 방어를 뚫고 인간 내면에 들어가 자아를 조종하고 뒤흔들 만큼 강력한 약물이라면, 미세하게 과용하거나 사소한 실수만 해도 선했던 내가 완전히 지워질지도 모르는 일이었네. 하지만 결국 나는 이 심오하고 유일무이한 발견을 실험하고 싶은 유혹에 굴복하고 말았네. 붉은 약물은 오래전에 사 두었으니, 곧장 약품 도매상에게서 엄청난 양의 특수한 소금을 사들였지. 이미 실험을 통해 이 특정 소금이 약물에 필요한 마지막 원료라는 걸 알고 있었거든. 그리고 그 저주받은 저녁, 원료를 섞고 화합물이 거품과 함께 연기를 뿜으며 끓는 모습을 지켜보다가 거품이 멈추자 용기를 내어 약물을 단숨에 들이켰네.

곧이어 뼈가 갈리는 끔찍한 고통이 이어지더군. 죽을 것처럼 구역질이 나고, 탄생과 죽음의 순간보다 극심한 두려움이 나를 집어삼켰지. 한데 그러다 순식간에 고통이 가라앉고 병이 싹 나은 것처럼 다시 정신이 돌아오는 거 아닌가. 하지만 내 감각은 어딘가 달라져 있었네. 설명하기 어려운 이 새로운 느낌은 믿기 힘들 만큼 달콤하더군. 몸이 가벼워지고 젊어진 느낌이 들며 행복했네. 내 안에서 극도의 흥분과 무모함이 느껴졌어. 혼란스럽고 관능적인 장면이 물레방아를 타고 쏟아지는 물처럼 쏟아져 내렸네. 법의 구속을 받을 필요도 없었고, 지금껏 느끼지 못했던 타락한 영혼의 자유가 느껴졌지. 내가 얻은 이 새로운 생명을 처음으로 호흡하는 순간, 나는 약을 먹기 이전보다 사악해졌음을 느낄 수 있었네. 아마 열 배는 더 사악하게 변해 버린 듯했지. 그 순간 떠오른 생각은 포도주처럼 달콤하고 포근하더군. 나는 이 신선한 감각을 즐기며 팔을 쭉 뻗었고, 그제야 내 몸이 줄어들었다는 걸 깨달았네.

서재에는 거울이 없었네. 편지를 쓰는 지금 내 옆에 세워

둔 거울은 변하는 과정을 관찰하려고 나중에 가져다 놓은 거야. 새벽이 멀지 않았지만 아직 바깥은 어두웠고 하인들도 한창 잠이 든 시간이었네. 희망과 성공으로 상기된 나는 새로 탄생한 모습으로 침실까지 숨어들어 가 보기로 했지. 마당을 가로지르자니 수많은 별들이 밤새 뜬눈으로 밤하늘을 지키고 있더군. 이런 식으로 탄생한 최초의 생명체를 보고 저 별들도 깜짝 놀랄지 모른다는 상상을 해 보기도 했네. 안으로 들어간 나는 내 집에서 이방인이 되어 살금살금 복도를 걸어 침실로 들어와 처음으로 에드워드 하이드의 모습을 마주했네.

지금부터 내가 하는 설명은 증명할 수 있는 사실이 아닌 이론상으로 추론한 내용이라네. 그렇게 탄생한 사악한 나는 내가 저버린 선한 나보다 허약하고 발육이 늦었어. 인생 거의 대부분을 도덕적으로 살겠다며 스스로 억누르다 보니 제대로 자라지 못해서였을까? 지킬에 비해 하이드는 상당히 작고 마르고 어렸네. 한 인간의 위험한 반쪽인 하이드의 얼굴에는 사악함이 선명하게 새겨져 있었고, 몸은 쇠약하고 기형적이었지. 하지만 거울에 비치는 흉측한 얼굴을 마주 보니 역겹기는커녕 오히려 반가웠네. 그 역시 나였으니까. 내 눈에는 한없이 자연스럽고 인간적으로 보였네. 생기가 넘치는 얼굴은 지금까지 익숙했던 불완전하고 분열된 지킬보다 표정이 풍부하고 개성 넘쳤지. 그 점에 있어서는 의심할 여지가 없었네. 그리고 하이드의 험상궂은 첫인상에 아무도 가까이 다가오지 않는다는 사실을 깨달았네. 그건 인간 내면에 누구나 선과 악이 공존하기 때문일걸세. 에드워드 하이드만이 그런 인간들 사이에서 순수하게 악한 인물이었지.

아직 두 번째 실험이 남았으니 거울 앞에 오래 있을 여유는 없었네. 만약 지킬의 모습을 되찾지 못하고 하이드로 살아야 한다면 앞으로 내 것이 아니게 될 저택에서 날이 밝기 전에 도망쳐야 했으니까. 서둘러 서재로 돌아가 약물을 준비했네. 약물을 다시 마시고 또 한차례 고통의 순간을 겪자 지킬의 얼굴과 체격, 성격으로 다시 돌아올 수 있었네.

그날 밤 나는 돌이킬 수 없는 갈림길에 서 있었던 거라네. 만약 성스러운 의도와 관대하고 선한 염원으로 이 위험한 실험을 시작했다면 결과는 완전히 달랐을지도 모르지. 그토록 괴로운 고통 뒤에는 악마가 아닌 천사가 태어났을 수도 있지 않겠나. 약물에는 어느 한쪽으로 기울어짐이 없었네. 악하지도 선하지도 않으며 그저 내 성격이라는 감옥 문을 흔들어 열었을 뿐. 빌립보 감옥[11] 문이 지진으로 열렸듯이, 약물로 인해 내 도덕성이 잠들자 그 틈에 사악함이 잠에서 깨어나 재빨리 주도권을 잡은 것이었네. 그리고 그때 나

---

11 captives of Philippi. 성경에서 바울과 실라가 갇혀 있던 감옥. 지진으로 문이 열리지만 두 사람은 도망치는 대신 겁에 질려 자살하려는 간수를 진정시켰다.-옮긴이

타난 결과물이 에드워드 하이드였네. 그렇게 해서 완전한 악인 하이드와 여전히 늙은 지킬이라는 두 개의 다른 외모와 성격을 가지게 되었지. 그러나 어울릴 수 없는 두 개의 자아가 합쳐진 생명체는 이미 절망을 느끼기 시작했네. 그렇게 상황은 서서히 악화되었어.

당시에는 학문에 몰두하고 사는 무미건조한 삶이 혐오스러워 견딜 수가 없었네. 기꺼이 내려놓고 싶은 때도 있었지. 이미 유명해지고 존경받는 노년의 나이에도 내 관심은 온통 품위 없는 행동뿐이었네. 그러니 내 일상의 모순은 점점 달갑지 않게 변해 갔네. 그때 나타난 하이드라는 새로운 힘은 내가 노예처럼 꼼짝하지 못할 때까지 끊임없이 나를 유혹했네. 결국 나는 약을 다시 들이켤 수밖에 없었네. 인정받는 박사라는 몸뚱이를 다시 던져 버리고 두꺼운 외투를 걸치듯 하이드의 몸을 걸치는 거지. 그 생각에 절로 웃음이 나왔네. 당시에는 단순히 재미있다고 생각했거든. 또한 만일을 대비해 철저하게 준비하기 시작했네. 소호 지역에 집을 빌리고 가구를 채워 넣었어. 나중에 경찰이 찾아오게 될 바로 그 집이었지. 온순하진 않지만 입이 무거운 가정부도 하나 고용했네. 지킬은 저택 하인들에게 하이드라는 사람은 저택을 마음대로 돌아다녀도 된다고 일러두었네. 불행한 사고를 피하기 위해 두 번째 자아를 불러내 식솔들에게 보여 주기까지 했지. 다음으로 한 일은 자네가 그토록 반대하던 유언장을 작성하는 일이었어. 그래야 지킬에게 사고가 생기더라도 아무런 손해 없이 하이드의 몸을 빌릴 수 있으니까. 모든 일에 만반의 준비를 마친 나는 슬슬 이 기이한 면책권을 활용하기 시작했네.

예전 같으면 범죄를 저지르고 싶거든 이름과 명예를 더럽히지 않으려고 청부업자를 고용했겠지. 그렇다면 나는 순전히 쾌락을 위해 나를 대신할 사람을 구한 최초의 인간일 것이네. 사람들 앞에서는 인자하고 존경스러운 모습으로 당당히 걷다가 순식간에 철없는 개구쟁이로 돌변해 가식적인 껍데기를 훌훌 벗어 던지고 자유라는 바다로 첨벙 뛰어들었어. 게다가 하이드라는 단단한 껍질을 뒤집어썼으니 나는 절대적으로 안전했네. 생각해 보게. 하이드라는 인물은 아예 존재하질 않으니 말이야! 그저 서재로 돌아가 늘 준비해 둔 원료를 섞어 순식간에 약물을 만들고 한 모금 들이켜면 끝이지. 그러면 에드워드 하이드는 거울 표면에 서린 입김처럼 어느새 흔적도 없이 사라지는 거 아니겠나. 경찰이 의심해도 지킬은 아늑한 서재에서 램프 심지나 다듬고 웃어넘기면 그만이야.

새로운 얼굴을 얻은 뒤 하고 싶었던 일은 품위에 어긋나는 행위였지만, 그렇다고 그보다 더 심한 단어를 쓸 일은 아니었네. 하지만 실제로 에드워드 하이드로 변하고 나면 얘기가 달라졌지. 얼마 되지 않아 하이드는 괴물로 변하기 시작하더군. 그렇게 잠시의 일탈에서 돌아올 때면, 타락한 하이드에게 대리 만족을 느끼는 내 모습에 놀라기도 했다네. 내 영혼에서 튀어나와 혼자 실컷 즐기게 된 하이드는 태생적으로 사악하고 악랄했네. 행동과 사고는 이기적이었고, 지킬마저 고문을 당하듯 괴로워할 정도로 짐승처럼 쾌락을 탐닉했으며 바위처럼 무자비했지. 에드워드 하이드가 저지른 짓에 겁을 먹은 적이 한두 번이 아니었네. 그렇다고 법적인 문제를 일으키지는 않았고 그저 교묘하게 양심의 가책을 면할 정도였지만. 결국 죄를 저지른 건 하이드였으니 지킬의 선한 면은 손상되지 않았고, 때로는 하이드가 저지른 악행을 보상하기도 했네. 따라서 양심에 거리낄 것이 없었지.

　내가 모른 척했던 하이드의 악행에 관해서 구구절절 열거할 생각은 없다네. 사실 지금 이 순간에도 내가 저지른 죄라고 인정할 수 없거든. 그러므로 이 편지에는 하이드의 행동으로 발생한 문제와 조금씩 숨통을 죄어 오던 내 형벌에 어떻게 대처했는가만 간략하게 설명하겠네. 내가 겪은 사건은 법적인 문제를 야기하지 않았으니 그냥 그런 일이 있었던 정도로만 써 두겠네. 한번은 어린아이에게 저지른 잔인한 행동으로 지나가던 어느 남자의 분노를 산 일은 있었네.

나중에 자네가 친척이라며 소개해 준 이가 바로 그 사람이
더군. 일이 벌어지자 곧 의사와 아이의 가족도 나타나는 게
아니겠나. 잠시 내 목숨이 위태롭게 느껴져 불안했지. 하이
드는 분노한 사람들을 달래려 사람들을 저택 문 앞까지 데
려왔네. 그리고 헨리 지킬이 서명한 수표로 합의금을 지불했
어. 하지만 이런 문제는 비교적 쉽게 해결됐네. 다른 은행에
하이드의 명의로 계좌를 개설하고 필체와 기울기를 바꿔 새
로운 서명도 만들어 주니 운명의 손아귀에서 완전히 벗어난
것 같았지.

　댄버스 경이 살해되기 약 두 달 전, 나는 다시 모험에 나
섰네. 그날 밤 늦게 돌아와 잠들었는데 아침에 일어나 보니
뭔가 달라진 기분이 들더군. 주위를 둘러봤지만 뭔지는 알
수가 없었네. 멋진 가구며 높은 천장을 보니 스퀘어에 있는
저택의 방이 틀림없었고 침대 커튼이나 마호가니 침대도 모
두 그대로였네. 하지만 무슨 이유에서인지 내 방에 누워 있
는 느낌이 아니었어. 그보다는 에드워드 하이드의 몸으로
찾아가 잠들던 소호의 작은 방에 누워 있는 느낌에 가까웠
네. 웃음이 나더군. 왜 그런 기분이었을까? 천천히 생각에
잠긴 사이 다시 기분 좋게 졸음이 밀려오며 아침잠에 빠져
들었네. 잠에서 깨던 순간에도 여전히 그 생각뿐이었지. 그
러다 문득 내 손이 보였어. 자네도 늘 말했지만 헨리 지킬의

커다란 손은 단단하고 매끄러워서 의사라는 직업에 잘 어울리게 생겼지 않나. 하지만 그때 내 눈에 들어온 손은 그렇지 않았네. 런던의 아침 햇살이 비치는 이불 위 반쯤 주먹을 쥔 손은 깡마르고 울퉁불퉁하게 힘줄이 튀어나와 있었다네. 거무스름한 털이 뒤덮고 칙칙하게 변색이 된, 바로 에드워드 하이드의 손이었지.

아마 30초 정도는 손만 쳐다보고 있었을 거네. 멍하니 손만 바라보고 있자니 심벌즈가 쾅 하고 부딪히듯 갑자기 가슴이 덜컥 내려앉고 공포가 밀려오는 거 아니겠나. 침대에서 벌떡 일어나 거울 앞으로 뛰어갔지. 거울 속 나와 눈이 마주친 순간 피가 싸늘하게 식어 버리는 것 같더군. 그래, 헨리 지킬의 모습으로 잠들었지만 깨어날 땐 에드워드 하이드의 모습이 되어 있었네. 이 현상을 어떻게 설명해야 할까? 아무리 생각해도 해답이 떠오르지 않았네. 그러자 다시 한 번 두려움이 엄습하더군. 이 문제를 어떻게 해결해야 할까? 이미 해가 높이 떠 있었네. 하인들은 모두 잠에서 깨어 돌아다녔고, 약물은 모두 서재에 있었지. 어쩔 줄 모르고 서 있던 거울 앞에서 서재까지 가려면 층계를 두 개 층이나 내려가야 하고, 뒷문으로 가서 마당을 지나 연구실을 지나가야 했네. 얼굴이야 가릴 수 있겠지만 체격이 완전히 달라졌으니 몸을 가리지 못한다면 무슨 소용이겠나? 그러다 문득 달콤한 안도감이 밀려왔네. 하인들은 하이드가 집 안을 드나드는 데 이미 익숙하다는 생각이 떠올랐거든. 나는 지킬의 옷 중에서 그나마 잘 맞는 옷으로 갖춰 입고 침실을 나섰네. 그런 시간에 이상한 옷차림으로 돌아다니는 하이드를 보고 브래드쇼가 주춤 뒤로 물러서더군. 10분 후, 지킬 박사는 원래의 모습을 되찾고 심각한 얼굴로 아침을 먹는 척 자리에 앉아 있었지.

정말이지 입맛이 없더군. 이해할 수 없는 사건이었네. 바벨론 벽에 종말의 예언을 쓴 손가락[12]처럼 이 사건으로 내 죄를 단죄하는 판결이 선고된 기분이었지. 그때부터 나는 또 다른 나의 존재에 대해 심각하게 고민했다네. 통제할 수 있다고 생각한 내 반쪽인 하이드는 최근 활동이 늘고 영양 섭취가 나아져서인지 체격이 예전보다 좋아진 것 같았네. 하이드의 몸을 입는 동안에는 혈액순환도 좋아진 느낌이었지. 그때부터 위험을 감지하기 시작했네. 만약 이런 식으로 변화가 계속되면 둘의 신체 균형이 완전히 뒤집혀 버려서 지금처럼 내가 원할 때가 아니라 평소에도 하이드의 지배를 받게 될지도 모를 일 아닌가. 약물의 효과가 항상 일정하지도 않았어. 초기에는 완전히 실패하기도 했고, 그 이후로 복

---

12   Babylonian finger on the wall. 성경에 나오는 일화로, 허공에서 손가락이 나타나 벽에 바벨론이 멸망한다는 예언을 적었는데 실제로 바벨론은 벨사살 왕을 끝으로 멸망했다.-옮긴이

용량을 두 배로 늘린 적도 한두 번이 아니었네. 심지어 죽을 각오를 하고 세 배까지 늘린 적도 있었지. 이런 불확실성이 내 실험에서 발견되는 유일한 문제점이었네. 처음에는 지킬에게서 하이드를 분리하는 게 문제였다면, 그날 아침 사건으로 인해 이제 실험은 거꾸로 변하고 말았네. 문제는 자명했지. 나는 원래 선했던 자아를 점점 잃고 나중에 나타난 사악한 자아로 변해 가고 있었던 거라네.

이제 두 사람 사이에서 결정해야 하는 순간이 왔다는 생각이 들더군. 두 사람은 기억을 공유했지만 나머지 기질은 극과 극을 달렸지. 두 사람이 공존했던 지킬은 극도로 불안해하면서도 탐욕스러운 열정으로 하이드의 모험과 재미를 즐겼지만, 하이드는 지킬에게 무관심했네. 그에게 지킬은 그저 강도가 쫓길 때면 피신할 동굴을 떠올리듯이 누군가로부터 도망칠 때 숨을 수 있는 장소에 불과했거든. 지킬이 아비의 관심을 보였다면, 하이드는 아들처럼 무관심했네. 만약 지킬을 지키기로 결정한다면 이제야 남몰래 애지중지하게 된 즐거움을 참아야 하는 괴로움을 견뎌야 하겠지. 하지만 하이드를 지킨다면 열정과 학문적 관심을 모두 포기해야 하고, 친구 하나 없이 경멸이나 받는 처지가 될 테고. 공정한 거래처럼 보이지 않았네. 하지만 고려해야 할 문제는 이게 다가 아니었네. 지킬은 금욕적인 생활로 고통스럽겠지만,

하이드는 자기가 뭘 잃었는지도 인식하지 못할 거 아니겠나. 평범하지 않은 상황처럼 보이지만 이 문제는 사실 인류 역사만큼이나 오래된 논쟁거리라네. 유혹과 경계심이 범죄자의 운명을 뒤흔드는 것도 마찬가지고. 결국 과거 수많은 인간이 그랬듯 나 역시 더 나은 자아를 선택하기로 했네. 그리고 그 선택을 지킬 수 있는 힘이 남아 있기만을 바랐지.

그렇네. 난 나이 많은 욕구불만의 의사로 남기로 결정했지. 친구들에 둘러싸여 정직한 희망을 가꾸면서 말이야. 하이드라는 가면을 쓰고 즐겼던 자유와 젊음, 가벼운 걸음걸이와 비밀스러운 쾌락, 날뛰는 충동에 이별을 고하긴 했지만 나도 모르게 주저했던 것 같네. 소호의 집을 처분하지도 못했고, 하이드가 입던 옷도 서재에 그대로 남겨 두었거든. 그렇게 두 달이 흐르는 동안 나는 내 결심을 철저히 지켰네. 전에 없이 엄격하게 나와의 약속을 지키면서 그 보상으로 죄책감을 느끼지 않아도 된다는 사실을 즐겼지. 하지만 내 경각심은 점점 흐려졌어. 양심의 가책도 점점 무뎌졌고. 하이드가 내 안에서 자유를 찾아 사투를 벌이는지 다시 열망과 고통으로 괴로워졌네. 그리고 잠시 마음이 약해진 사이 나는 다시 약물을 만들어 마시고 말았네.

자신이 인사불성이 된다거나 짐승처럼 이성을 잃고 사고를 치면 어쩌나 고민하면서 술을 마시는 주정뱅이는 없겠지. 나 역시 완전히 이성을 잃고 악행에 무감각해질 수 있다는 사실을 충분히 고려하지 않고 약을 마셔 버렸어. 하지만 그게 바로 에드워드 하이드의 본질이었으니 결국 나는 벌을 받고 말았네. 내 안의 악마는 오랜 세월 억압되고 갇혀 있으면서 밖으로 뛰쳐나오려고 울부짖고 있었지. 약물을 마시던 순간에도 나쁜 짓을 하고 싶은 충동이 이전보다 더 광적이고 견딜 수 없이 강하게 일더군. 운이 나빴던 희생자는 정중한 태도로 말을 걸었지만, 그의 얘기를 듣고 있자니 초조함이 끓어올라 견딜 수가 없었네. 신에게 맹세코, 도발이라고 볼 수 없는 신사적인 행동에 그런 파렴치한 죄를 짓는 자는 도덕적으로 분별 있는 상태라고 말할 수 없을 것이네. 몸이 아픈 아이가 장난감을 부수며 투정을 부리듯, 나 역시 제정신이 아니었겠지. 아무리 악한 자라도 어느 정도 이성의 끈을 놓지 않게 해 주는 본능적인 균형 감각이 있게 마련이지만, 나는 그마저도 훌훌 벗어 버리고 아주 사소한 자극에도 넘어가고 말았어.

순간 내 안에서 흥분한 악마가 눈을 떴네. 그리고 저항도 못 하는 시체를 난폭하게 두들겨 패기 시작했지. 한번 때릴 때마다 희열을 맛보았지만 흥분의 절정에서 문득 공포가 느껴지며 간담이 서늘해지더군. 순간 머릿속 안개가 걷히면서 목숨이 위험하다는 사실을 깨달은 나는 몸을 떨며 흥분한 채로 현장에서 급히 도망쳤네. 범죄를 저지르고 싶었던 욕망은 채웠지만, 삶을 향한 애정 역시 아주 간절했지. 나는 소호의 집으로 뛰어갔네. 그리고 증거를 확실하게 없애려고 서류를 모두 불태운 뒤에야 가로등이 켜진 거리로 뛰쳐나왔지. 여전히 내 심장은 둘로 갈라져 희열에 싸여 있었네. 내 범죄에 만족하면서 앞으로 또 무슨 죄를 저지를까 하는 생각에 기분이 좋으면서도, 한편으로는 누가 쫓아오지는 않는지 불안한 심정으로 귀를 기울이면서 서둘러 움직였네. 다시 약물을 제조하는 동안에도 하이드는 노래를 흥얼거리더군. 그리고 죽은 남자에게 건배하며 약을 들이켰네. 하이드에서 지킬로 변하는 순간의 고통이 채 끝나기도 전에 지킬은 무릎을 꿇고 기도하듯 손을 모아 허공에 높이 들었네. 감사와 후회의 눈물이 얼굴을 타고 흘러내렸어. 방종이라는 장막이 머리끝부터 발끝까지 찢기고 나자 내 인생이 주마등처럼 스쳐 지나가더군. 나는 어린 시절로 되돌아가 인생을 돌아봤네. 아버지의 손을 잡고 걷던 시절과 의사를 목표로 힘겹게 노력하던 시절을 지나자, 아무리 되돌아보고 다시 되돌아봐도 결국 비극적인 그날 밤을 피할 길이 없었네. 비명이라도 지르고 싶었지. 밀려드는 기억 속 끔찍했던 장면을 눈물과 기도로 지우고 싶었네. 하지만 그런 기도 사이에도 사악하고 흉측한 얼굴이 내 영혼을 들여다보고 있는 게

아니겠나. 그러면서 고통스러운 후회의 감정이 사라지고 기쁨이 밀려왔네. 내 행동으로 인한 문제도 해결됐지. 이제 하이드는 내 안에서 꼼짝하지 못했고 나는 선한 자아를 되찾았으니 말이야. 아, 생각만 해도 얼마나 즐겁던지! 나는 되찾은 지킬의 삶에 가해졌던 엄격한 규범을 기꺼이 받아들이기로 했네. 그토록 드나들던 서재 문을 잠그고, 그 열쇠를 발로 짓밟아 망가뜨렸을 때 내가 얼마나 진심이었는지 자네는 상상도 하지 못할 거라네!

이튿날, 살인 사건 뉴스가 파다하게 퍼지고 목격자의 증언으로 그것이 하이드의 범죄임이 세상에 알려졌네. 피해자가 사람들의 존경을 받는 남자였다는 소식도 듣게 되었지. 단순한 범죄가 아닌 비극적인 미치광이의 짓거리였어. 차라리 잘됐다는 생각이 들더군. 이제 하이드를 교수형이라는 공포로 억눌러 안전하게 가둘 수 있었으니까. 지킬만이 안전한 은신처가 되어 줄 테고, 잠깐이라도 하이드가 나타난다면 사람들 손에 교수대로 끌려가게 되겠지.

나는 앞으로의 선행으로 과거의 죗값을 치르겠다고 다짐했네. 그런 내 결심이 좋은 결과를 맺었다고 진심으로 말할 수 있다네. 지난 몇 달간 내가 죄책감을 벗기 위해서 얼마나 노력했는지 자네도 잘 알 거야. 얼마나 선행을 베풀었는지, 그리고 얼마나 조용하고 행복한 세월을 보냈는지도 말이야.

이런 생활이 지겨워진 것이 아니었고, 오히려 하루하루를 충만하게 즐겼네. 하지만 여전히 내 안에는 이중적인 내가 존재했다네. 참회의 기간이 조금씩 지나가고 마음이 풀어지면서 사악했던 내가, 그동안 마음껏 즐기다가 갇혀 버린 내가 조금씩 으르렁거리며 자신을 풀어 달라고 요구하기 시작하는 거 아니겠나. 하이드를 다시 소생시킬 생각은 전혀 없었네. 생각만으로도 놀라 펄쩍 뛰었을 거야. 아니, 실은 그렇지 않았는지도 모르지. 나는 또다시 내 양심을 시험하고 싶은 유혹에 빠져들었네. 그리고 유혹의 덫에 다시 걸려들고 마는 흔한 범죄자와 다를 것 없이 나도 그 유혹에 굴복하고 말았다네.

커다란 그릇에 물이 조금씩 차오르다가 한순간에 넘치듯, 내게도 마지막 순간이 찾아왔네. 잠시나마 거짓된 얼굴로 숨겼던 사악한 본성이 내 영혼의 균형을 깨뜨리고 말았지. 하지만 여전히 나는 경계하지 않았네. 아무리 과거를 되돌아본들 현재를 바꿀 수 없듯이 내 몰락은 어쩌면 당연한 일이었는데도 깨닫지 못했던 거야. 1월 어느 날, 눈이 녹은 거리는 질척거렸지만 하늘은 구름 한 점 없이 맑았네. 리전트 공원은 겨울새가 지저귀는 소리로 가득했고, 곧 다가올 봄의 향기가 달콤하게 퍼져 오더군. 나는 햇볕을 받으며 벤치에 앉아 있었네. 내 안의 짐승이 기억의 단편을 더듬는데도 내 정신은 참회의 시간을 다시 겪게 될 줄도 모른 채 나른해져 꾸벅꾸벅 졸기 시작했지. 결국 나도 남들과 다를 게 없다는 생각을 하면서 내가 활발하게 베푸는 선행과 남들의 무신경한 잔인함을 비교하니 슬며시 웃음도 나더군. 한참 자만심에 빠져 그런 생각을 하던 순간, 이상한 감각과 함께 끔찍한 메스꺼움과 경련이 일기 시작했다네. 하지만 그것도 잠시, 곧 고통이 사라지며 어지러워 쓰러지고 말았네. 잠시 후 현기증이 사라지고 나니 왠지 성격이 변했다는 느낌이 들지 않겠나. 대범해지고, 위험이 별것 아니게 느껴지고, 법도 두렵지 않았네. 아래를 내려다보니 헐렁해진 옷이 줄어든 팔다리 위에 대충 걸려 있었네. 무릎 위에 놓인 울퉁불퉁한 손은 털이 덥수룩했어. 그래, 다시 에드워드 하이드가 나타난 것이었네. 바로 그 순간에도 저택에는 근사한 테이블보에 만찬이 준비된 채 내가 돌아오기만을 기다리고 있었겠지. 조금 전만 해도 존경과 사랑을 받으며 막대한 부를 과시하던 내가, 한순간 집도 없이 보잘것없는 사냥감으로 전락해 살인범으로 쫓기고 교수대에 걸릴 운명이 되어 버린 거였네.

내 이성은 약해졌지만 그렇다고 완전히 무너지지는 않았네. 이전에도 하이드로 변하는 동안에는 이성이 더 날카로워지고 정신력도 강인해졌거든. 그래서인지 지킬이었다면 포기했을지 모르는 중요한 순간에 능력을 발휘하기 시작했네. 내가 만들어 둔 약물은 모두 서재에 있는 책장에 들어 있었지. 어떻게 서재로 돌아갈 수 있을까? 반드시 풀어야 할 문제는 그것이었네. 실험실 문은 잠가 두었고, 저택을 통해 들어가려 했다간 내가 고용한 하인들에게 잡혀 교수대에 오를 판이었지. 다른 사람의 손을 빌려야겠다는 생각이 들자 래니언이 떠올랐네. 그렇다면 래니언에게는 어떻게 연락하고 어떻게 설득해야 할까? 운 좋게 길에서 체포되지 않는다 해도 어떻게 래니언에게 접근할 수 있을까? 게다가 괴상하게 생긴 초면의 하이드가 지킬 박사의 서재를 뒤지도록 부탁한다고 해서 유명 의사인 래니언이 그 부탁을 들어줄 리 없지 않은가? 그러다 문득 떠올랐네. 하이드로 변해도 지킬의 특징이 남아 있는 부분이 하나 있었는데 바로 글씨체였지. 그렇게 작은 불쏘시개를 얻었으니 이제 불을 지피는 일만 남은 거나 마찬가지였네.

나는 최대한 옷을 단정히 매만지고 지나던 이륜마차를 잡아 생각나는 대로 포틀랜드 가에 있는 어느 호텔로 가자고 했네. 상황은 비극적이었지만 내 행색은 우스꽝스럽기 짝이 없었지. 나를 본 마부는 웃음을 참지 못하는 표정이더군. 내가 분노로 이를 갈자 여전히 재미있어 하는 표정이었지만 그자의 웃음도 점점 엷어지더군. 그자에게도 그렇지만 나에게도 다행스러운 일이었네. 왜냐하면 한 번만 더 웃었다간 그자를 길바닥에 내동댕이쳤을 테니까. 호텔에 도착해 안으로 들어가 어두운 표정으로 주위를 둘러봤네. 나를 본 직원은 겁에 질려 자기들끼리 눈도 마주치지 못하더군. 눈치만 보던 직원은 내 지시에 따라 조용한 방으로 안내한 다음 편지지와 쓸 것을 가져왔네. 목숨이 위태로워진 하이드는 이미 내가 알던 하이드가 아니었지. 분노가 가득하고, 살인에 연루된 채 남에게 고통을 주고 싶은 욕망에 차 있었지만 여전히 교활했네. 극도의 자제심으로 분노를 억누른 그는 아주 중요한 편지 두 통을 작성했네. 하나는 래니언에게, 다른 하나는 집사인 풀에게. 두 사람이 편지를 제대로 받았는지 확인하기 위해 하이드는 편지를 등기우편으로 보내라고 신신당부했네.

　그 뒤로 그는 하루 종일 난롯가에서 제 손톱을 물어뜯으며 앉아 있었지. 겁에 질려 온종일 기다리면서 저녁 식사도 방에서 혼자 먹었네. 종업원은 하이드 앞에서 벌벌 떨었지. 밤이 깊어지자 하이드는 밖으로 나가 문이 달려 안이 보이지 않는 마차를 잡아타고 온 도시를 이리저리 돌아다녔다네. 하이드는…… 맞아, 도저히 '나'라고 부를 수가 없군. 악마의 자식인 하이드에게 인간적인 면은 전혀 보이지 않았어. 그 내면에는 공포와 증오 외에는 아무것도 살아남지 못했네. 마부가 의심한다고 생각했는지 하이드는 마차에서 내려 눈에 띄는 어울리지 않는 차림으로 사람들이 오가는 밤 거리를 걷기 시작했지. 가슴속에는 공포와 증오가 폭풍처럼 휘몰아치고 있었네. 하이드는 두려움에 쫓기며 서둘러 걸어 갔네. 혼자 뭐라고 중얼거리면서 한적한 길을 골라 최대한 몸을 숙이고 자정까지 얼마나 남았는지 시간만 재고 있었지. 중간에 어떤 여자가 성냥갑 같은 물건을 내밀며 말을 걸기도 했는데, 하이드가 얼굴을 냅다 때리자 놀란 여자는 허겁지겁 도망치고 말더군.

그날 밤, 하이드가 지킬로 변하는 모습을 지켜본 래니언은 상당히 충격을 받았네. 그의 표정에 떠오른 공포가 내게 어떤 영향을 미친 것 같았어. 글쎄, 나도 확실하지는 않네. 다만 그 순간을 되돌아볼 때면 적어도 혐오라는 바다에 한 방울을 더한 정도는 되었을 거라는 생각이 든다네. 그래서였는지 내게도 변화가 생기더군. 이제 교수대보다는, 나를 괴롭히던 하이드라는 인물로 변하는 것이 더 두려워졌다네. 래니언의 비난이 쏟아지던 순간이나 집에 돌아와 침대에 들어가기까지 모두 꿈처럼 몽롱한 기분이었지. 기나긴 하루를 보낸 나는 지친 몸으로 괴로운 악몽도 끼어들지 못할 만큼 깊이 잠에 빠져들었어. 아침이 되어 잠에서 깰 때도 겁에 질리고 힘이 없는 상태였지만 기분은 개운하더군. 여전히 내 안에 잠들어 있는 짐승이 두렵고 경멸스러웠지. 전날의 위험한 순간을 잊은 것도 아니었네. 하지만 난 무사히 집에 돌아오지 않았겠나. 약물이 가까이 있는 내 집에 말이야. 결국 안전하게 도망쳤다는 안도감이 너무도 강하게 밀려와서 새로운 희망이 생기는 것 같았지.

나는 아침 식사를 마치고 천천히 정원을 거닐었네. 차가운 공기를 들이마시니 여간 즐겁지 않더군. 그때 변화를 예고하는 설명하기 힘든 감각이 되살아났다네. 얼음장처럼 차갑고 분노로 가득한 하이드로 바뀌기 직전 겨우 서재까지 갈 수 있었지. 그리고 다시 지킬로 돌아가기 위해 약을 평소보다 두 배나 마셔야 했네. 맙소사! 그러고 나서 겨우 여섯 시간밖에 되지 않았는데, 난롯가에 앉아 장작불을 바라보다가 다시 통증이 시작되는 거 아니겠나. 다시 약이 필요했네. 간단히 말하면 그날부터 곡예를 하듯 아슬아슬하고 힘겨운 노력이 시작되었지. 이제 약이 없으면 지킬의 모습을 유지할 수 없을 정도가 되었네. 밤이고 낮이고 경련에 시달려야 했어. 잠을 자거나 심지어 의자에 앉아 잠깐 졸기만 해도 깨어날 때는 늘 하이드로 바뀌어 있었지. 언제 변할지 모른다는 불안으로 잠을 이룰 수 없게 되자 완전히 열병에 사로잡혀 껍데기만 남은 사람처럼 신체와 정신이 허물어지기 시작하더군. 내 머릿속에는 오직 한 가지 생각뿐이었네. 또 다른 나에 대한 공포, 바로 그것이었지. 하지만 잠에 빠지거나 약의 효력이 떨어지면 변화의 고통에 점점 익숙해서인지 통증을 느낄 새도 없이 끔찍한 이미지로 가득한 꿈에 빠져들었어. 그렇게 난 점점 혐오로 끓어오르는 영혼과 분노라는 에너지를 감당하기 힘들어 보이는, 허약한 육체를 가진 하이드의 소유가 되어 버렸다네. 지킬이 쇠약해질수록 하이드의 힘은 강해졌어. 그리고 두 사람을 갈라놓은 혐오감은 양쪽이 같았던 건 분명하네. 다만 지킬에게 그 혐오감이란 목숨을 부지하려는 본능과도 같았지. 이제 지킬은 자신과 몸을 나누고, 의식을 공유하고, 죽음마저도 함께하게 될 하이드의 결함을 모두 목격하고 말았어. 지킬에게 가장 힘겨웠던 건 이런 의식의 공유였지만, 거기에 더해 하이드의 넘치는 생명력에서도 지옥 같은 무언가를 느꼈다네. 심지어 생명체가 아닌 것 같았지. 아주 충격적이었네. 흙구덩이가 비명을 지르고, 형체도 없는 먼지가 움직이며 죄를 저지르고 돌아다니는 것과 마찬가지였으니까. 형태도 없고 생명도 없는 무언가가 살아 있는 실체를 차지하려 하다니! 하지만 반란을 꿈꾸는 하이드를 향한 공포는 아내보다, 자신의 눈보다 더 가까이 얽혀 있었다네. 지킬은 자신의 껍질 안에 갇힌 하이드의 목소리를 들었고, 세상에 태어나려는 하이드의 몸부림을 느꼈다네. 몸이 허약해지는 매 시간마다, 그리고 잠에 빠지는 순간마다, 점점 강해지는 하이드가 자신의 목숨을 지우려 한다는 걸 알 수 있었지. 그에 비해 하이드의 혐오감은 조금 달랐다네. 사형을 당할지 모른다는 공포로 끊임없이 일시적인 죽음을 선택해야 했던 하이드는 완전한 사람이 아닌 누군가의 일부로 남아 있기를 택했어. 하지만 그래야 한다는 사실까지 좋아할 수는 없었지. 침통해하는 지킬도 싫었고, 지킬이 자신을 혐오한다는 사실에도 분노했다네. 그 뒤로 하이드는 유치한 장난을 치기 시작하더군. 내 글씨체로 책에 신성모독적인 글을 써 놓고, 편지를 태우고, 아버지의 초상화를 망가뜨렸어. 죽음이라는 공포만 없었다면 아마 오래전에 자신을 파괴해서라도 나를 나락으로 빠뜨렸겠지. 하지만 나를 향한 하이드의 애정은 놀라웠고, 내 애정은 그보다 더했다네. 하이드를 떠올리는 것만으로도 속이 울렁거리고 두려웠지만 그의 비열함과 열정까지 잊을 순 없었다네. 내가 자기를 없애 버리려고 목숨이라도 끊을까 두려워하는 하이드가 안쓰럽기까지 했네.

이런 설명을 늘어놓은들 무슨 소용이겠나. 이젠 시간도 얼마 남지 않았군. 지금까지 이런 고통을 겪어야 했던 사람은 없었다는 말이면 족하겠지. 하지만 고통도 익숙해지긴 하더군. 그렇다고 고통이 줄어드는 것은 아니었으니, 영혼이 무신경해진다거나 절망적인 상황을 받아들이게 되었다고

127

하는 편이 어울릴 것 같네. 지킬의 얼굴과 본성을 완전히 지우게 될 마지막 재앙이 오지 않았다면 내 형벌은 몇 년이고 계속되었을 걸세. 실험을 처음 시작하면서 마련했던 특수한 소금이 얼마 남지 않은 것이지. 하인을 시켜 소금을 더 주문하고 약물에 섞어 보기도 했다네. 거품이 끓어오르고 색이 한 번 바뀌기는 했지만 더는 반응이 일어나지 않더군. 그렇게 만든 약물은 효과가 없었어. 풀을 시켜 온 런던을 뒤지게 했다는 얘기는 자네도 들었겠지. 하지만 모두 소용이 없었어. 그제야 깨달았지. 처음 구매한 소금에 불순물이 들어 있었고, 성분을 확인할 길이 없는 그 불순물 때문에 약효가 나타났다는 것을.

벌써 일주일이 흘렀군. 나는 마지막 남은 약의 힘을 빌려 지킬의 정신으로 이 편지를 마무리하고 있다네. 기적이 없다면 헨리 지킬이 거울에서 자신의 얼굴을 보는 것도, 자신의 의지로 생각하는 것도 지금이 마지막이겠지. 이 편지도 서둘러 끝을 내야 한다네. 이 편지가 파괴되지 않고 자네 손에 안전하게 들어가면 그건 내가 빈틈없이 준비하고 운이 따라 주었다는 뜻이겠지. 편지를 마치기 전에 고통이 찾아오면 하이드는 이 편지를 산산조각 낼 테고. 하지만 편지를 숨기고 시간이 지난 후에 하이드가 나타난다면, 못 말리게 이기적이고 눈앞의 것만 보는 성격 탓에 유치한 장난 따위로 편지

를 없애진 않을 수도 있겠지. 시시각각 다가오는 파멸이 이미 하이드를 망가뜨리고 있다네. 앞으로 30분쯤 지나, 그토록 멸시받는 인간의 껍데기 속에 영원히 갇히게 되면 하이드는 의자에 주저앉아 흐느끼며 몸을 떨겠지. 어쩌면 위협이 될 만한 무슨 소리라도 들리는지 신경을 곤두세운 채, 마지막 피난처인 서재 안을 초조하게 걸어 다닐지도 모르지. 하이드는 교수대에서 죽음을 맞이하게 될까? 아니면 마지막 순간에 모든 걸 놓아 버릴 용기를 낼 수 있을까? 그건 신만이 아시겠지. 난 더 이상 아무래도 상관없다네. 바로 지금이 내가 죽는 순간이니까. 그 뒤에 일어날 일은 또 다른 나의 문제일 뿐이지. 이제 펜을 내려놓고 편지를 숨기는 것으로, 불행했던 헨리 지킬의 삶을 끝낼까 하네.

옮긴이 한에스더

동국대학교 영어영문학과를 졸업하고 문학 및 잡지, 로컬리제이션 분야에서 프리랜서 번역가로 활동하고 있다. 어니스트 톰슨 시턴의 《내가 아는 야생동물》, 올라프 스테이플던의 《이상한 존》 등을 우리말로 옮겼다.

허밍버드 클래식 M 01

지킬 박사와 하이드 씨 Strange Case of Dr. Jekyll and Mr. Hyde

2019년 11월 25일 초판 01쇄 인쇄
2019년 12월 02일 초판 01쇄 발행

지은이 로버트 루이스 스티븐슨 옮긴이 한에스더

발행인 이규상 단행본사업본부장 임현숙 책임편집 김연주
편집팀 이소영 강정민 황유라 이수민 마케팅팀 이인국 전연교 윤지원 김지윤
영업지원 이순복 디자인팀 손성규 이효재

펴낸곳 (주)백도씨
출판등록 제2012-000170호(2007년 6월 22일)
주소 03044 서울시 종로구 효자로7길 23, 3층(통의동 7-33)
전화 02 3443 0311(편집) 02 3012 0117(마케팅) 팩스 02 3012 3010
이메일 book@100doci.com(편집·원고 투고) valva@100doci.com(유통·사업 제휴)
블로그 blog.naver.com/h_bird 인스타그램 @100doci

ISBN 978-89-6833-236-4 04840
     978-89-6833-235-7 (세트)

허밍버드는 (주)백도씨의 출판 브랜드입니다.

"이 책은 저작권법에 따라 보호받는 저작물이므로 무단 전재와 무단 복제를 금지하며, 이 책 내용의 전부 또는 일부를 이용하려면 반드시 저작권자와 (주)백도씨의 서면 동의를 받아야 합니다."

* 파본이나 잘못된 책은 구입하신 곳에서 바꿔드립니다.

이 도서의 국립중앙도서관 출판예정도서목록(CIP)은 서지정보유통지원시스템 홈페이지(http://seoji.nl.go.kr)와 국가자료종합목록 구축시스템(http://kolis-net.nl.go.kr)에서 이용하실 수 있습니다. (CIP 제어번호: CIP2019042655)

허밍버드 클래식

동시대를 호흡하는 소설가·시인의 신선한 번역과 어른들의 감수성을 담은 북 디자인을 결합해 시대를 초월한 고전 읽기의 즐거움을 선사하고자 합니다.

01 이상한 나라의 앨리스 루이스 캐럴 지음 | 한유주 옮김 | 216쪽

앨리스와 함께한 몇 달 동안 많이 웃었다. 이런 이야기가 존재해서 다행이라는 생각이 들었고, 이런 이야기를 번역할 수 있어서 기뻤다. 앨리스가 했던 말 가운데 나는 "이상해진다, 이상해져"를 가장 좋아하게 되었다. _옮긴이의 말 중에서

02 오즈의 마법사 L. 프랭크 바움 | 부희령 옮김 | 296쪽

어쩌면 도로시와 함께 모험을 떠난 세 친구들은 어린 도로시의 마음에 이미 싹을 틔운 지혜와 사랑, 용기를 각각 상징할지도 모릅니다. 그리고 그런 것들이 이미 자기 안에 있음을 깨닫기 위해 도로시는 어렵고도 위험한 길을 헤쳐 나가야 하는 것이고요. _옮긴이의 말 중에서

03 어린 왕자 생 텍쥐페리 지음 | 김경주 옮김 | 144쪽

생 텍쥐페리의 《어린 왕자》는 누구의 손에 오르든지 하나의 행성이 된다. 이 아름다운 이야기는 조금은 슬프고, 눈시울이 흐뭇해지는 웃음을 곳곳에 숨겨 두었다. 삶이 가여워질 때마다 당신이 이 책을 꺼내 보며 눈에 보이지 않아도 분명히 존재한다고 믿고 싶어지는 이 세상의 작고 미미한 것들 앞에서 다시 희망을 찾기를 바란다. 그의 비행(飛行)은 아직 끝나지 않은 것 같다. _옮긴이의 말 중에서

04 빨강 머리 앤 루시 M. 몽고메리 지음 | 김서령 옮김 | 496쪽

내가 어린 시절 가장 사랑했던 앤이다. 역자로 그 아이를 다시 만난 것이 더할 나위 없이 기쁘다. 나의 열한 살 시절이 지금의 나에게 가만히 다가와 뺨을 부벼 주는 기분이다. 이 작업으로 인해 나는 충분히 위로받았다. 어느 시절 앤이었을 당신도 그랬으면 좋겠다. _옮긴이의 말 중에서

05 안데르센 동화집 한스 크리스티안 안데르센 지음 | 배수아 옮김 | 280쪽

'안데르센'은 내 어린 시절의 완성이었다. (…) 나는 황홀했고, 나는 사로잡혔다. 나는 나를 잊었다. 황홀하다는 느낌, 사로잡히고, 나를 잊는다는 느낌이 최초로 내 온몸을 관통했던 아홉 살의 그날. 아마도 그때 내 어린 시절의 한 페이지가 완성된 것이리라. _옮긴이의 말 중에서

06 그림 형제 동화집 그림 형제 지음 | 허수경 옮김 | 216쪽

어릴 때 많이 읽었던 그림 형제 동화였지만 원서로 읽는 것은 이때가 처음이었다. 물론 독일어를 배운 지 얼마 되지 않아서 줄줄 읽어 나가지는 못했다. 한 줄 한 줄, 그저 띄엄띄엄 읽었다. 그런데도 이야기들은 정말 재미있었다. (…) 이런 판타지를 읽을 나이는 이미 지났다고 생각하고 있었는데 그게 아니었나 보다. 하긴, 따지고 보면 환상의 세계를 즐기는 데 나이가 무슨 상관인가. _옮긴이의 말 중에서

07 키다리 아저씨 진 웹스터 지음 | 한유주 옮김 | 264쪽

처음으로 교정을 거니는 주디, 처음으로 《작은 아씨들》을 읽는 주디, 처음으로 당밀 사탕을 만드는 주디, 처음으로 운동회를 하는 주디, 처음으로 무도회에 가는 주디, 그녀에게는 사실 모든 일들이 처음이다. 그 설렘과 벅참을 나도, 그리고 당신도 느껴 본 적이 있을 것이다. _옮긴이의 말 중에서

08 메리 포핀스 P.L. 트래버스 지음 | 윤이형 옮김 | 312쪽

도무지 재미라고는 없는 이 세상에 염증을 느끼거나, 각박하고 힘든 일상 속에서 잠시 다른 모든 것을 잊을 정도로 달콤하고 환상적인 위로가 필요해지는 순간이 온다면, 주저하지 말고 벚나무길 17번지의 문을 노크하기 바란다. 아직 바람의 방향이 바뀌지 않았다면, 분명 후회하지 않을 만큼 멋진 모험을 하게 될 테니까. _옮긴이의 말 중에서

09 에이번리의 앤 루시 M. 몽고메리 지음 | 김서령 옮김 | 432쪽

사실 내 열일곱 살은 슬프게도 기억이 잘 나지 않는다. 열한 살의 나보다 훨씬 우울하고 외로웠던 시절이어서 아마 나는 스스로 그 기억을 지웠을 것이다. 《에이번리의 앤》을 번역하는 동안 그래서 내 소녀 시절이 아까웠다. 그때 이 책을 읽었더라면 나는 조금 밝아졌을까. _옮긴이의 말 중에서

10 페로 동화집 샤를 페로 지음 | 함정임 옮김 | 184쪽

500여 년 전 프랑스에 살았던 작가 샤를 페로가 그곳에 사는 사람들을 생각하며 지어낸 옛이야기를 21세기, 전혀 다른 언어와 문화를 가진 한국에서 만나는 일은 가장 원초적이면서도 독보적이고, 가장 아날로그적이면서도 다채로운, 가상의 시간 여행, 환상의 세계 여행을 떠나는 것을 의미한다. 샤를 페로의 동화를 읽는 21세기 독자들에게 매혹적이고 무한한 창작의 동력이 펼쳐지기를. _옮긴이의 말 중에서